招かれざる愛人

スーザン・スティーヴンス 作

小長光弘美 訳

ハーレクイン・ロマンス

東京・ロンドン・トロント・パリ・ニューヨーク・アムステルダム
ハンブルク・ストックホルム・ミラノ・シドニー・マドリッド・ワルシャワ
ブダペスト・リオデジャネイロ・ルクセンブルク・フリブール・ムンバイ

COUNT MAXIME'S VIRGIN

by Susan Stephens

Published by Harlequin Japan,
a Division of K.K. HarperCollins Japan, 2024

スーザン・スティーヴンス

オペラ歌手として活躍していた経歴を持つ。夫とは出会って5日で婚約し、3カ月後には結婚したという。現在はイギリスのチェシャーで3人の子供とたくさんの動物に囲まれて暮らしている。昔からロマンス小説が大好きだった彼女は、自分の人生を“果てしないロマンティックな冒険”と称している。

主要登場人物

タラ・デヴェニッシュ……………保育士。
フライア……………………………タラの姉。
ポピー………………………………フライアの娘。
リュシアン・マキシム……………第十一代フェランボー伯爵。
ギイ…………………………………リュシアンの弟。

1

　ロンドンの一流ホテルのバー。ふたりの男性はタラについて、確かにもっと外に出たほうがいいねと笑いながら同意した。ふたりのうち見栄えのよさで勝るほう――上背があって筋骨たくましい男は名をリュシアンといい、栗色《くりいろ》の頭髪も豊かで浅黒い容貌《ようぼう》が印象的だ。タラの姉であるフライアを相手に、いやいや、いくらおとなしくても悪いことなんてないんだ。タラが派手に騒ぐのが苦手なら、それはそれでかまわないじゃないかと意見を述べる。

　タラは感謝をこめてちらっと彼を見やると、安堵《あんど》して、より人目につかないよう身を引っこめた。

　姉に近づきたい。それが十八歳になるタラのいちばんの望みだったが、フライアのように華麗に燃え立つ炎に近づくことなどできるのだろうかと、最近は不安を覚えはじめてもいた。これがその方法なのかもしれない。姉の服に無理やり体を押しこめながら、しみじみそう思った。

　姉妹はすでにひと間きりのアパートメントに戻り、今は先ほど会った男性たちと出かけるための身支度をしているところだ。フライアは何かにつけもっと社交的になるようタラを励ますが、さしずめ今夜などは、姉に認めてもらうためなら自分にもたいていのことはできると実証してみせるチャンスだろう。

　だけどこれは無理かも。バーで擁護してくれた男性の顔が脳裏に浮かんだ。ほろ苦いチョコレートのような声や、愉快そうに見つめてくる黒い瞳に、タラは心底どぎまぎさせられた。彼がいるのは別の、もっと華々しい世界だ。フライアがあこがれ、タラが自分には似合わないと自覚している世界だ。

フライアは初対面の男性とでも平気で話をするが、タラにはそれがたまらなく苦痛で、今日も気恥ずかしさのあまり下ばかり向いていた。舌はぜんぜんまわらないし、緊張はするし、太った体は気になるし、リサイクル・ショップで買った服はやぼったいし、しかも隣にいるのは、どこに行っても注目を集める女の魅力に満ちた姉なのだ。消え去りたいと思いながらもう一度だけ視線を上げたのは、リュシアンに直接言葉をかけられてしかたなくだった。

「勉強していなくていいのかい？」

バーで男を誘っている場合なのかと、要はそう言いたかったのだろう。勉強はしていると答えたものの、当然ながらこのときにはもう、自分の作った楽しいムードに水を差されるのをきらうフライアによって、会話は先に進んでしまっていた。

遅れて口にしたタラの返事をフライアは笑い飛ばした。勉強なんて気にしなくていいの。勉強する時間はこの先いくらでもあるんだし、若いときは男をどう誘惑するかを考えなくちゃ……。

うなずける部分はあるにせよ、今思い返しても屈辱で顔から火が出そうだった。というのも、勉強についての話とは別に、リュシアンが異国風のアクセントで――心得顔でタラをじっと見つめ、タラの秘めた場所に熱い鼓動を発生させながら――今夜のパーティには妹も必ず連れてくるようにと、フライアに念押ししたからだ。

どうして彼はあんなことを？　考えるとほてりと同時に寒気を覚えた。早くもばかばかしさを感じていた。隙間風《すきまかぜ》の吹くひと間のアパートメントで姉のフランス製の香水をたっぷりかけ、第一段階でがっかりされないためよ、と姉に言われて、体形をごまかすペチコートをはいている自分。第二段階については考えるのも恐ろしかった。それより何より、まずはこのトップスをどうにかしないと。

「服をいじるのはやめて、タラ」器用につけまつげをつけていた手を止めてフライアが注意した。「それ、高いのよ」

「ごめんなさい」ぱっと目立つ服を着たほうがいいと、姉からはスパンコールつきの服を押しつけられていた。いじるのをやめようとすると、今度はさっととり上げられた。

「やっぱり私が着る。あなたはこっち――」

「ありがとう」ほっとした。きらきらのトップスより、古くてけばけばしさのない、胸あきが何倍も上品なこのチューブトップのほうがずっといい。

「あなたの相手が伯爵なのは知ってるかしら？」鏡の中の姉は唇をとがらせてグロスを塗っている。

「伯爵？」心拍数がぐんと跳ね上がった。どうりで堂々として威厳があったわけだ。でも、いつからリュシアンが私の相手になったの？　仮にそうだとして、私はいったい彼とどう過ごせばいいの？　しかも伯爵だなんて。そういう男性が興味を持ちそうな話題など、どう頭を絞っても思いつかない。

「あなたしだいで今夜は最高の夜になるわよ。ひょっとするとひょっとするかも……」

何がひょっとするの？　姉を満足させようと、ためらいがちに微笑《ほほえ》んだ。ひとつ確かなのは、私がこの手の問題にまったくうといということ。ただし向上心では姉に負けていない。今の狭い部屋には机ひとつ置くスペースもないけれど、勉強で使う本はきちんとベッドの下にしまってある。

「ほら、これを上に着なさい」フライアが高級な本物の毛皮らしきものをほうってきた。

「これは……」真っ白な毛皮を見て躊躇《ちゅうちょ》した。なんだか、新鮮な野の空気や自由のにおいがまだかすかに残っているように思えてしまう。

「なんなの？」フライアはじれた。

「何かこぼして汚すかも」この説明で納得してくれ

るよう願った。

「そうね、わかったわ。じゃ、このショール」

淡いブルーのショールは、毛皮よりずっとかわいらしかった。うっとりとなでながら、なぜフライアがこういう高級品を驚くほど持っているのか、前に聞かされた説明を思い返した。〝どの男も私にプレゼントをしたがるの。別に悪くないでしょう?〟悪くなんかない。タラは美しい姉を優しく見つめて微笑んだ。贈りものをしないほうが不思議だろう。こんな暮らしをしていてフライアほど美しければ、もっと上の生活にあこがれるのは当然だ。

「なあに、そのため息は?」

「なんでも……」不満げに聞こえたのだとわかり、あわてて姉のコートとバッグの用意にかかった。

「それより自分の準備よ」フライアがぴしゃりと言う。「特別にスカートを出してあげたんだから。ほら、早く」タイトスカートを前にとまどっているタラをせかした。「クッションなんてどうでもいいの。ぱんぱんはたかなくていいから。というか、なんでそんなもの買ったのよ。誰に見られるわけでもないのに。だから、部屋を片づけるのはやめなさいって。いらいらしそうになるわ。今夜は大事なのよ」

フライアが今夜に何を期待しているかを思うと、タラはひどく緊張した。私は失敗するに決まっている。リュシアンは私に興味なんてないし、優しい言葉をかけてくれたのは単なる親切心だ。だが、タラの妄想はやまなかった。それは妖《あや》しい力を持っていて、キスやら体の触れ合いやらのイメージがどんどん浮かんでくる。こんなことではいけない。

フライアに借りたスカートの後ろファスナーと格闘して、タラは貴重な時間を浪費した。スカートは少なくともツーサイズは小さそうだ。結局あきらめるしかなかった。何センチかはあけたままにして、ウエストを外に折り返しておく。

「準備はできた？」フライアがしゃれた光沢のある新しい赤いバッグを手にとった。

ええ、姉さんに恥をかかせない心の準備は。タラは不安な心持ちでストッキングをまっすぐになおした。思ったとおりにできればいいのだけれど。

「ああ、寒い。外に出たほうが、まだいくらか暖かそう」フライアが激しく両腕をこすった。

「指が凍りかけていなかったら、とっくに支度が終わっていたのにね」姉を元気づけるつもりで神経質に笑ってみせた。タラは姉の笑顔を見るのが好きだった。だが、今夜のフライアは表情が硬い。理由はきかずともわかる。あの男性たちとうまくいくかどうかで、自分たちの今後が大きく左右されるのだ。

「大丈夫よ。どうせここに長くいる気はないわ」

フライアと別れ別れになる想像に、タラはぎょっとした。「それってどういうこと？」

「外の世界は広いの。お金持ちの男がわんさといるわ。私のような女性を求めている男がね」

「ああ……」タラは神経質に下唇を噛《か》んだ。姉はもっといい暮らしをして当然だけれど、想像する自分の未来には真っ白なキャンバスが広がっているばかりで、こんな調子で姉との別れに耐えられるのか、彼女は自信がなかった。姉妹は孤児で、フライアはタラにとってたったひとりの家族なのだ。

「あなたはここにいていいのよ」フライアはまだ髪型をなおしている。「あなたには今夜がスタートだものね。賃貸契約をあなた名義に変更しておくわ。次に住むのはたぶん南フランスだろうし――」

「いつも気をつかってくれるのね」笑顔でベッドを下り、フライアにハグしようとした。

「メイクがとれるじゃない」フライアはとっさに体を引いた。「いいこと、今夜あなたの伯爵があなたを誘う先は、彼のホテルじゃないとだめ。間違ってもこんな小汚い場所には――」

「私の伯爵じゃないわ。それに、彼とふたりで家に帰ってくるなんてありえない」
「そうかしら」フライアは振り返ってしげしげとタラを観察した。「太ってはいるけど、身ぎれいにはしているじゃない」
「でも、姉さんほどじゃ……」
「よし、と」フライアはもう一度鏡を見て満足の吐息をついた。「ほらほら、急ぐわよ」十二センチのヒールでくるりと反転した。「せっかくの男をほかの誰かに横どりされたら大変」

ふたりの女性の到着を待って、彼はそわそわと落ち着きをなくしていた。こういう外出は初めての経験だった。弟のギイのパートナー探しにつき合うことはない彼だが、今いる場所は出会いを求めて人々が集う高級感のあるナイトクラブだ。ギイによればこの季節〝旬《しゅん》〟な場所なんだとか。

午後にあのふたりの女性に出会ってからというもの、隅に引っこみたがる内気な少女のイメージが頭から離れなかった。リュシアンはさっと腕時計を見た。タラは何をぐずぐずしているのか。退屈するのが目に見えていた今夜だが、彼女のおかげで気分が高揚していた。タラ・デヴェニッシュは自分より十歳は下だろう。もっとも、姉のほうの派手な評判から想像するに、まったく無垢《むく》な少女とも思えない。考えて体が熱くなったまさにそのとき、高級クラブのドアがあいて、当の彼女が入ってきた。

立ち上がったフェランボー伯爵は、店中の視線を一身に集めた。人々は伯爵、つまりリュシアンの成熟した気品から危険なにおいを感じて会話をぴたりと止めた。リュシアンは自分の欲求を自覚しつつあった。一週間休む間もなく仕事をこなしたあとなのだ。彼とて欲望が危険なまでに高まっているのを認めもする。だが傍目《はため》にもわかるほど、筋肉質の体が黒々とした欲望の雰囲気をまとっていようとは、知るよしもなかった。

タラは午後よりずっと美しかった。そして前より奇抜な、輪をかけて変な服装にもなっていた。タイトスカートが彼女よりずっと細い姉のものなのは明白で、やむなく上にずり上げているため、見苦しくない長さより十センチは裾《すそ》が短い。豊かな胸を押しこめたぴっちりしたチューブトップからは男心をそそる白い肌がのぞき、何を考えたか、彼女はそれを水色のショールで隠そうとしている。この場合——と皮肉屋の彼は思った。商売物は隠さず大っぴらに見せるのが本当じゃないのか？

彼には近づいてくるタラしか見えなかった。彼女の無邪気さが、不安や興奮が、実感として強く伝わってきた。目の前に立った彼女がおずおずと顔を上げ、リュシアンは彼女の手をとった。体を低くして手の甲を唇に当てる。表情を探ってくる視線を感じたそのとき、手に彼女の震えが伝わってきた。

ぼうっとしたまま時間が過ぎた。伯爵はタラの先の印象より十倍は魅力的で、思ったよりはるかに世事に通じていた。しみひとつないタキシードにぱりっとした白いシャツ。ぴかぴかな靴と上品な黒いソックス。映画俳優ばりのルックスで、彼は居合わせた女性全員からこれ以上ない注目を浴びていた。

だが、自分から異性の気を引こうとはせず、それは好感を持てる点でもあった。もっとうれしかったのは、タラを気づかうような接し方だった。

最初タラは少し気後れしていたのだが、彼といるとどういうわけかリラックスできた。あとはもうおとぎ話の世界だった。タラがいつも空想で思い描く恋人は、黒っぽい髪をしたまぶしい容貌のラテン男で地中海沿岸出身のヒーローと決まっていたが、フェランボー伯爵リュシアン・マキシム——彼の強い希望どおりに呼ぶならリュシアンだが——彼こそがまさにラテン男の典型だったのだ。

彼が体をひねってシャンパンを追加注文したとき、タラはそっと彼の顔を正視した。かなり長身でよく日に焼けている。髪は濃い栗色。量が多くてつややかに波打ち、少々長めに整えられている。時間のたつ中で思ったのは、リュシアンの顔にざらついた黒い無精髭《ひげ》があると、その黒い瞳の輝きともあいまって、彼が危険な海賊に見えるということ。もちろん、高級紳士服を身にまとった海賊だ。

「大丈夫かい？」リュシアンが好奇の視線に気づいて問いかけた。

絶好調よ。しかし、鋭い視線を向けられたままでいると体の芯《しん》から力が抜け、あせったタラは居住まいを正して膝の上で手を組んだ。「ええ」

さりげない言動の陰にいけない思考が隠れていると気づいたのか、彼女のひと言を受けて、彼は世にもいたずらっぽい表情になった。手を包まれて、タラは息をのんだ。だが、手と手が重なったのはほんの一瞬だった。あとは体が硬直して動かなかった。

フェランボー伯爵が私の手に触れてくれたなんて信じられない。次の瞬間、何か言うフライアの声で呪縛《じゆばく》は解け、同時にリュシアンはギイとフライアの弾んだ会話のほうに加わった。ひとり残されたタラは、話すたびセクシーに動く彼の唇を見つめ、うっとりする彼のオーデコロンの香りをかぎながら、頭の中でさらなる空想をふくらませた。

そのあと彼がいきなり振り返り、観察しているのを見つかるとは想像もしていなかった。

タラは真っ赤になったのを横を向いてごまかし、思考の奥に避難した。頭の中ならどんな好き勝手な想像も自由だ。周囲の話し声は気にならなかった。それほどに空想の世界は楽しかった。そこでは年の離れた男性が、今しも若く未熟な女の子に一連の禁断の喜びを教えようとしていた。

フライアの声が、無粋にもその幸せな夢想からタラを引き戻した。「タラ、飲んでいないじゃない」

みんなに注目されて、タラは真っ赤になった。お酒のペースで姉に遅れてはいけない。笑われてしまう。そう思って無理に頑張ってはきたものの、結果はさんざんだった。ならばと、おあつらえ向きにそばにあった鉢植えにこっそりシャンパンをこぼしてきたのだが、こうなると飲まないわけにはいかない。

不意に、タラの手からリュシアンがグラスを奪った。「植物を枯らしてまわるのはよくないな」静かな口調で上品に言葉をかけ、グラスの中味を飲み干した。「気をつけないと出入り禁止になる」

近づいた彼の顔は当然すぐに離れたが、親密な一瞬が持てて、タラはこれだけでふわりと幸せな気分になっていた。彼とどうにかなるはずもないと知りながら、それでも彼の視線が外れると、見かけをよくしようとこだわった。スカートの皺《しわ》を伸ばし、見苦しくないよう下に引っ張ってみる。だがしょせんは姉からの借り物で、姉は短めにはくのが好みだ。長椅子の上で姿勢を変えて、もう一度引っ張った。リュシアンはあまりに優雅で、そしてタラは彼に恥をかかせるのが耐えられないほど、すでに彼のことが好きになっていた。

白昼夢におぼれてはだめ。分別を持った心の声が警告した。誰が見たってわかる。リュシアン・マキシムは私の緊張をほぐそうとしているだけだ。

ごそごそしている自分のせいで会話が止まっていたらしいとわかり、内なる助言に従って、タラは目立たないよう極力動きを控えた。最後まで透明人間でいるのが、自分にはいちばんふさわしい。

レストランに移ると、タラは料理が出るたび、使うナイフやフォークを間違えないよう、観察を怠らなかった。ここでもリュシアンは親切で、ナプキンを整えてくれたり、パテにナイフとフォークで立ち向かおうとする彼女を見て、トーストに塗るのに手を貸してくれたりした。タラはもう少しとパンに伸ばしかけた手を、フライアににらまれてすぐに引っこめた。今の彼女の体重ではこれ以上太れないというのが、姉妹の間での共通認識だった。

「食事、まだ終わっていないよね？」神経質にナプキンをいじっていたタラに、リュシアンが微笑みかけた。「ほら、これを食べてごらん。だめかい？　アスパラガスくらいいいだろう」

いいだろうって、バターがしたたっているアスパラガスよ。タラはもう一度首を振ったが、ゆずらない彼は新鮮なアスパラガスを自ら食べさせ、しかも、バターのついた彼女の口元を自分のナプキンでふいてくれた。それでも足りないとばかりに、親指で汁をぬぐい、タラを見つめながらその指をなめる。

体が驚くべき反応を返した。触れてもらいたいと思っているいくつものひそやかな場所が、果てるともなく喜びの拍動を打ちはじめたのだ。男から女へのこれほど性的なメッセージを、タラはほかに知らなかった。けれど、そんな誘いにどうこたえればいいかとなると、やはりまるでわからない。

目に見えない鎖で、私はきっとリュシアンにつながれている。視線がついつい彼にいってしまうのを意識しながらタラは思った。魔法にかかっているのかもしれない。透明人間になりたいと思うどころか、この夜が永遠に続けばいいと思っているのだから。

フライアがすぐにこの場に終止符を打った。そろそろ終夜営業のジャズクラブに移ろうと言う。

「心配しなくていい」リュシアンが不安げなタラに気づいて言った。「一緒に帰ろう」

タラは表情を輝かせた。リュシアンに心から感謝した。早く帰って、何も心配せずにひとりきりの空想にひたる。それこそ私の求めているものだ。

2

　家に送ってくれると聞いて安心したタラはいっきに緊張が解け、リュシアンに感謝の視線を投げた。そのとき目に入ったいかにもうれしそうなフライアの顔。タラはリュシアンの言葉の意味をとり違えていたのだと気がついた。一緒に帰るとは、彼のホテルの部屋に行くという意味なのだ。

　リュシアンの宿泊しているのは最上階の豪奢《ごうしゃ》なスイートで、立派なドアの前まで来たとき、タラは自分の愚かさを呪《のろ》いつつも、フライアを怒らせたくない一心で彼のあとから部屋に入った。

　別れる前に、姉が声を低めて何度も言ったせりふ——ギイとはとてもうまくいきそうなんだから、そっちでしくじって今さら台なしにしないでよ——あの言葉が頭の中で渦巻いていた。運命は決まったと、ドアが閉じられた瞬間にタラは悟った。フェランボー伯爵の強烈な魅力に抵抗できる十八歳の女性がどこかにいたとしても、それは自分ではないのだから。

　慎重に足を置いたクリーム色の絨毯《じゅうたん》は、毛足が長くて、まるでマットレスの上を歩いているようだった。いくつもある金縁のアンティークの鏡や、彼女の背丈ほどもある対になった花瓶の前では、感動して目を見張った。家具はすべてが価値のある年代物で、使われている布も四方の壁も、象牙色《ぞうげいろ》とクリーム色で装飾されている。さながら、汚れのほうが入ってくるのをためらいそうな雰囲気だ。高い天井は金箔《きんぱく》と漆喰《しっくい》で仕上げられていて、それから、部屋の空気に酔うようなかぐわしさがあった。なんなのか最初はわからなかったけれど、そのうち、ああこれは富のにおいなのだと気がついた。

ぼうっと見とれていたタラは、見かねたリュシアンに肘を支えられて隣の部屋に入った。最初の部屋に劣らず華美な装飾が施されたそこは、たっぷりとしたやわらかな金色のシルクがアーチ窓を飾り、ガラスの衝立《ついたて》の陰で静かに炎が燃えていた。

「作り物だよ」まじまじと炎を見ているタラに、リュシアンが小声で教えた。

ガスの炎だ。言われてみればそうとわかる。今タラがいるのは静かで安らげる雰囲気の、ホテルにこんな部屋があったのかと思う種類の居間だった。住まいを離れた大富豪のための部屋なのだろう。テーブルには数冊の雑誌、棚には書籍、盛り合わせのフルーツはどれも朝に収穫したばかりのように新鮮だ。壁にかかった絵はオリジナルなのかもしれない。壁紙は張られておらず、代わりに布が、それもシルクが、美しいブロンズ色の濃淡にやわらかな光をきらめかせて……。

「こっちに来て座ったら。つまずきそうだよ」

振り返るとリュシアンの笑顔があった。田舎者だと思われたに違いなかった。急いで気持ちを切り替え、堂々としたそぶりで歩いたが、ランプやテーブルの数が多すぎて、いったいどこをどう進めばいいものやら。不器用なタラらしく、やがて見事に椅子の足につまずいた。あっと手を伸ばした次の瞬間、彼女はたくましい腕に抱きとめられていた。

「もういいかい?」心地よさのあまり姿勢を戻すのが遅れてしまったらしい。続く彼の言葉がそれを証明していた。「シャンパンを頼もうと思ったが、やめておこう」彼の声が髪にささやく。

視線を起こして彼を見上げた。軽く口元の緩んだ心得顔に見返されると、ぞくぞくと体が反応した。タラは目を閉じ、この一瞬だけはリュシアンも同じように私に魅了されているのだと信じることにした。今こそ私を虜《とりこ》にしようと……。

「冷蔵庫に新鮮なオレンジジュースがある」さりげない調子で彼が言った。タラを立たせ、自分は備えつけのしゃれたバーに歩いていく。「それとも、温かい飲みものを運ばせようか……」そこでくるりと振り返った。「ココア、とか？」

　ココア？　フライアが聞いたらがっかりするわ。タラは神経質につばをのんだ。何も言葉が出てこなかった。でも、こんな失敗を姉に話せるはずはない。

「僕は着替えてこよう。その間に決めてくれたらいい」

　気を楽にさせようとあらゆる努力をしてくれているのはわかったが、肩に力が入るのはどうしようもなかった。ちらっと視線を向けられただけで、胸の先が反応している。その胸を抱くようにして、タラはとまどうままにただじっと立ちつくした。

　リュシアンがジャケットを脱いだ。彼の背中の広さに小さく息をのんだ瞬間、タラは面白がる彼の表情に気がついた。すぐに顔をそむけたものの、蝶《ちょう》ネクタイを器用に外す指先のしなやかさは網膜に刻まれたあとで、それがタラの下半身にまたよけいな感覚を引き起こした。続いて彼はシャツのボタンをいくつか外した。そんな様子を盗み見ながら、まるで高級ブランドの広告に登場するモデルのようだとタラは思った。もちろん、男ぶりは彼のほうがずっと上だ。またしてもタラは夢の世界にいた。日に焼けたなめらかな肌に触れているところや、その体温を感じる自分を想像していると、テーブルのガラスの器に重い金のカフスボタンが当たるかちんという音がして、意識がいきなり現実に引き戻された。

「ショールくらいとったらどうだ？　僕が安全に保管しておくよ」リュシアンが片手を差し出した。

　タラは呆《ほう》けたように彼を凝視した。彼は袖《そで》をまくっているところで、たくましい腕が目に入ってくる。

「今とろうと思っていたところよ」嘘《うそ》をついた。

この豪華なスイートのいったいどこが安全といえるのだろう。リュシアンがいるかぎり安全な場所なんてない。ショールをとると、ぷよぷよの肌をさらすことになり落ち着かなかった。フライアはジム通いをしてそれなりの効果が出ているが、まねしようにも求職中のタラにそんな余裕はない。どのみち、誰の前だろうとこの肌を見せるのはたまらなく恥ずかしかったのだとタラは思った。

「こっちに来て座ってごらん」リュシアンがソファのひとつに手招いた。タラは彼の向かいのカウチを選び、座面の端にかしこまって座った。フライアが教えてくれたとおり、背筋をぴんと伸ばして胸を張るように気をつけた。太めの体形を目立たせないためだ。そのときリュシアンがつぶやいた。「すばらしい……」

自信をつけさせようとしているの？　愕然《がくぜん》として息をのんだのは、胸を誇示しているように勘違いされたと、遅まきながら気づいたからだった。急いで背を丸めて下を向いた。

「僕がいるとそんなに落ち着けないか」

一瞬だけ顔を起こしたタラが、意味の通らない混乱した言葉を発すると、彼は声をあげて笑った。

「気楽にしてもらおうという僕の作戦は、失敗ってことかな？」静かに問いかける。「僕は本気で楽にしてほしいと思っているのだが」

隣に座っておきながら、肩を抱いておきながら何を言っているの？　タラはかつてないくらいに緊張していた。それどころか、何を期待されているのか不安で、全身がぶるぶる震えはじめた。

「リラックスして」彼はささやいた。温かいミントの香りのする息が耳をくすぐる。

なんだろう。その声にひどく心地いい響きを感じて、タラは彼に身をもたせかけた。このいっとき、硬い胸に頭をつけて規則的な彼の拍動を聞いているのはとても気持ちよかった。ただ彼が唇でタラの額の髪を払ったときには、恥ずかしくて身じろぎした。

「力を抜いて」リュシアンが言う。

　言われたとおりにしようと頑張ったが、かたや心の声が、これは夢の中じゃないのよ、あなたの手には負えないわとひっきりなしに警告を発していた。

「どうしてほしい？」リュシアンが小声でたずねる。さっと見上げると、彼の瞳が褐色から濃い黒に変わっているのがわかった。いけない考えでいっぱいの頭の中が、彼には全部お見通しなの？　そのとおりだよ、と彼の表情は言っていた。続く言葉がタラの推測を裏づけた。「寝室に移ろうか？」

　彼は話しながら額をくっつけてくる。親密な行為に、タラの妄想がまたふくらんだ。ええ、行きましよう。そう言いたいのに、出てきた言葉は違っていた。「ここで大丈夫よ。ありがとう」か細い声になった。わかっている。こういう場合は、ため息まじりに色っぽい声を出すべきなのだ。フライアがそう教えてくれた。

「じゃあここにいよう」リュシアンは肩をすくめた。

　少しも落胆したふうでなく、タラはほっとした。

「そんなに不安がることはないさ」彼は顎に手をかけてきた。「別に噛《か》みつきはしない……」

　たとえ噛みつかれても、いやだと思わないのは確かだわ。そんな思考と同調するように、彼の唇の端がくいっと上がり、いたずらっぽい笑みになった。興奮の波が体を駆けた。それが伝わったのだろう、じっとしていた彼の手が肌を熱くすべりはじめた。

　首筋を伝って胸元へ、さらには驚きと、まさかという思いと、深い感動とを呼び覚ましながら、胸のふくらみにまで下りてきた。何も考えられなかった。これまでどんな想像をしていたにせよ、現実ははるかにすごくて――はるかに心地よかった。タラの視線をとらえたまま、彼が唇に薄い笑みをのせて母国語で何かをつぶやいた。意味はわからなくても想像はついた。思わず喉の奥から吐息がもれた。

「これがいいんだね」胸の先端をもてあそびながら彼が言う。

どんなにすてきか、きっと彼にはわからない。誰にも触れられたことのない場所だった。別の誰かに同じようにされても、これほどの感覚を味わえたかどうか。そこに加えてリュシアンの厳格な声が神経をかき乱す。下半身のうずきも大きくなって、タラはじっとしているのが耐えられなくなってきた。

「やっぱりそうだ」巧みな愛撫《あいぶ》にタラが二度目の声をもらすと、彼は満足げに言った。

タラの呼吸は荒くなり、視線は彼の熱いまなざしに釘《くぎ》づけだった。この思いを、このじれったさをどう言葉にしていいのかわからず、それでも伝えたい気持ちは強烈だった。何よりタラが恐れたのは、リュシアンが行為に飽きて自分をほうり出すことだった。行き着く先がどこかははっきりしなくても、そこに向けてリュシアンが教えてくれることならなんでも経験してみたい。

彼はタラの頭からいとも簡単に薄いチューブトップを抜くと、裸の胸をじっくりと見つめた。タラが手で隠そうとすると、舌打ちをしてだめだというようにかぶりを振った。

「ブラジャーはつけるべきだな」やがて彼が言った。

「そう？」不安げに問うのと、彼の厳しい口調に体の中心がびくんと震えるのとが同時だった。

「そうだとも」低い声が楽しげに答えた。「下着をつけていればその分手がかかって、脱がせる楽しみが増える」

だんだんゲームのやり方がわかってきた。リュシアンの手がスカートを脱がせにかかると、タラはためらいがちにあえて笑ってみせた。

「引け目を感じてはだめだ。絶対に。このすばらしい胸なんか、とくにそうだ」

言いながら、彼は大きな両手で楽しげに胸の重さを確かめた。タラはのけぞってため息をつき、さらなる甘い刺激を求めて胸をつき出した。

与えられるものはどこまでも受け止めたかった。ただ、彼が後ろ向きで引き出しから何かをとり出そうとしたときは、今がチャンスとばかりにくたびれたショーツを自分で脱いだ。フライアははき心地の悪いレースひらひらのTバックを勧めてきたが、タラははきなれた安心感のある下着のほうが好きだった。とはいうものの、かなりはきこんだものなのでリュシアンに見られるのはつらい。彼が姿勢を戻す前に、くしゃっと丸めて先に脱がされたスカートの中に押しこんでおいた。

彼はタラの胸の谷間に顔をうずめ、ふだんの何倍も感じやすくなっている肌に無精髭《ひげ》をこすりつけてきた。胸の先端を再び刺激されるまでもなく、タラはすでに白旗をあげてこう訴えていた。「リュシアン、もうだめ……」

「何がだめなんだ？」彼が強い口調で問いかける。

「これか？」片方の頂をきつく吸いながら、もう片方を親指と人差し指でつねった。「こっちかな？」よりしっかりした声で言い、片手を腿の間に差し入れて指を遊ばせた。

「どっちもよ。片方だけじゃない……」このころにはすっかり彼の虜となり、その手に操られるまま恥じらいもなく身もだえしていた。ふくらむ欲求をどうやって静めればいいのか。わかるのはただ……。

「だめ！」リュシアンの愛撫の手が止まると、タラはとっさに大声をあげた。

端正な顔が起き上がった。「だめ？」

「だめ、やめないで」あられもなく訴えた。

豊かな彼の髪に手を入れて、その顔をもう一度自分に引き寄せた。何があっても、絶対に、体の奥のこの感覚が中断させられるのはいやだった。タラ自身想像もしていなかった渇望感が、体の中で目覚めていた。理性がどんどん薄れていって、代わりに熱い欲求が広がっていく。

彼女の肌がシルクのような質感で、かすかに夏草の香りがするのは予想していた。ただ、まさか自分の指先にこんなぞくぞくした感覚が生まれるとは、リュシアンは思ってもいなかった。

彼女のなめらかな白肌をゆっくりと隅々まで探索しながら、ふたつの胸のふくらみがはかったようにぴったり両の手におさまったときには感動を覚えた。どこに触れても彼女は喜びの声をあげた。リュシアンの心づもりとは関係なく、早いうちから身をよじってみっともないスカートを脱ごうとしたため、彼は軽く手を貸すだけでよかった。

避妊具を手に彼が振り返ると、タラは最初のおとなしさが嘘のように猛然とせまってきてズボンからシャツを引き抜き、ぐいっとはいでから、見とれた様子で息をのんだ。体を自慢する趣味のないリュシアンだったが、日ごろからトレーニングは欠かしていない。彼女は身をくねらせ、しっかりとリュシアンの体をつかみ、甘い吐息をつき、果ては彼がまだそこまで考えないうちから脚を開きさえした。

「急がなくていいよ」リュシアンは言った。「時間をかけたほうが、君だってもっと楽しめる」

本当はゆっくりその気にさせるつもりでいたのだが、タラの思いはまったく違うようだった。すばやく誘惑するよう教えられているのか？　姉のフライアからの指示で？　いかにもそんな雰囲気だった。妹を見やるときのフライアの訳知り顔や、ねっとりした笑みが思い出された。

もっとも、タラが本気でいやがっていると思えば、リュシアンとて違った対応をしていただろう。あまりいい気分ではなかったが、結論は見えつつあった。おそらくタラは巧みな芝居の演者の片割れで、姉と同じく家計を潤わせるための重要な役割を担っているのだ。

しかしそこには利点もあった。おかげでなんの憂いもなく楽しめる。彼女にも損はさせない。幻滅した事実は否めないが、この潤ったやわらかな体に身を沈めることを思うと……彼女を喜ばせることを思うと、とても我慢できなかった。

だが、ギイの轍《てつ》は踏むものか。遊び以上の関係だと想像するような間違いはおかさない。

「リュシアン?」

甘くて純真な、フライアが絶賛しそうなタラの声でリュシアンはふっと我に返った。「どうした、かわいい君《マ・プティット》?」彼はフライアに脱帽した。妹をよくぞここまで訓練したものだ。目の前のタラはまだ充分初々しく、守ってやりたいと思ってしまう。

かわいく唇を尖《とが》らせるが、これも姉仕こみの技に違いなかった。フライアのような洗練された手練手管は持たなくても、持てる資質のすべてを生かして裕福な男を落とそうとしている。

「ほうっておかないで、リュシアン」

「誰がほうっておくものか」なだめて体を愛撫した。だがそれでは足りない。彼女はもっと多くを望んでいる。ハンターになって金持ちの恋人という獲物を持って帰れとフライアに言われているはずだ。

いくら十八歳でバージンでも危険な予兆はわかる。ただタラはそれを無視すると決めた。この機会を逃せば、おとぎ話の主人公にはなれないし、リュシアン・マキシムみたいな超のつく美形の男性に抱かれる経験は二度とできない。だがそれより重要なのは、彼に対して感じるこの安心感だった。彼の瞳に向き合うと、誰もが不安なく暮らす平和で上品な世界が垣間見《かいまみ》えた。自分もそういう世界でリュシアンに守ってもらいたい。夢物語なのはわかっている。でも今夜だけそんな気分を味わっても……。

　両方の腕に彼が指をはわせてきて、タラは吐息を震わせた。彼は感じさせると約束してくれた。タラ自身もその喜びを経験したかった。そこで、彼の手がもう一度胸に当たるよう大胆に姿勢を変えた。美人でなくても胸に注目された経験は数多く、男がこういう胸を好むのをタラは知っていた。もしも、リュシアンの注意を、この体が与える快感に引きつけておくことができるなら、私はまだ背を向けられずにすむかもしれない……。

　彼女は完璧《かんぺき》だった。胸の美しさは非の打ちどころがなく、彼女自身もまた魅力的だった。先のない関係だが、今はおぼれてもいいと思う。そんな望みを、タラは思いつくすべての方法を使って現実のものにしてくれていた。お返しにリュシアンも彼女を天国に連れていくつもりだった。

　なめらかで完璧な肌をあますところなく探索し、唇や手でじらしながら彼女の感覚が鋭くなるのを待った。いざそうなると、彼女はもう待ちきれず、リュシアンの手を引っつかむや、体ごとやわらかにふくらんだ腹部へと引き寄せ、つかんでいた手を再度自分の脚の間へと押しつけた。脚を開くさまは、さながら、それがこの世でいちばん自然なしぐさだと思っているかのようだった。しかも、さあ触れてと言わんばかりに膝を立ててみせる。

　ベッドで姿勢をずらしたリュシアンは唇での愛撫を続けながら、彼女の準備がすっかり整っているのを知ったが、もう少しおあずけにするのも悪くないと思った。じらしたほうがタラの喜びも大きくなる。

　彼女は切なげにリュシアンの名を呼びつづけた。それにこたえて彼女の脚をさらに押し開くと、秘めた場所が触れられるのを待っていた。舌を当てるや、彼の名を呼ぶ鋭い声が響いた。跳ねる腰をしっかと押さえ、確実に最高の喜びが得られるよう手助けをする。一段落つけば腕の中で落ち着くかと思ったが、逆に彼女はすがって、もっとと懇願してきた。

「もちろんだとも、マ・プティット……」

最後までさせる気だとリュシアンは思った。指示どおり伯爵という戦利品を手に入れたと、帰ったときに姉に報告したいのだろう。事実そうなのだ。考えると少々情けなかった。自分は彼女にいいように操られている。どのみち、こんな肉感的な若い女性との関係を、一夜だけで終わりにできるとはとても思えない。あとはもう、目覚めたときにまともな理性が戻っているのを願うばかりだった。

準備を整えると、リュシアンは彼女の腰の下に枕《まくら》を入れて、もっとも受け入れやすい体勢を作った。おおいかぶさったところで、一度動きを止めた。彼女は両膝を思いきり自分に引き寄せ、切なげな表情で見つめてくる。リュシアンはほかの場所に視線を遊ばせてから、彼女の中に身を沈めた。

ふたり同時にうっと鋭い息を吐いた。ここまでの強烈な感覚は、彼女にとっても予想外だったらしい。リュシアンの経験からしても初めてのものだった。今の感覚を再度味わいたい。それだけの思いで一度完全に体を離した。今度は深く腰を落とし、ゆっくりと優しく彼女を満たした。押し広げている感じがわかる。痛がっていないかと動きを止めてみたが、彼女は先を促した。リュシアンの尻をきつくつかんで一緒に動こうとする。

「いいの、リュシアン……やめないで」

とはいえ彼女の中はかなり狭く、細心の注意が必要だった。しばらくして彼女はようやく力を抜き、快感の高まりとともに口を大きく開いた。すすり泣くような喜びの声が、リュシアンの耳に心地よく響いた。彼はタラの瞳の奥をのぞきこみ、彼女がなんの問題もなく今を楽しんでいるのを確認しようとした。こたえて彼女は先をせかしてきた。リュシアンの動きひとつひとつを懸命に受け入れ、彼自身を包みこんで深く引き入れようとする。

　彼にとって、今はタラを喜ばせるのが何より重要だった。こんな気持ちになるとは想像もしていなかった。ただし脳内の冷静な部分は、彼女は男を喜ばせる練習をたっぷり積んでいるのだと警告を発しつづけている。今ならリュシアンにもよくわかる。デヴェニッシュ家の姉妹は一度に二倍の戦利品を手に入れようと、綿密な作戦を立てて今夜にのぞんだのだ。フライアは成功したといえるのかもしれない。だが、タラの場合はまだこれからだ。

　タラは隣でリュシアンが眠りにつくのをじっと眺めていた。夢の時間が終わりを告げても、この一分一秒はずっと心に刻んでおきたかった。思い出されるのは無垢《むく》な少女でなくなったときの鋭い痛み。けれど、あの痛みでさえいとおしいのは、それがリュシアンに捧《ささ》げられる唯一のものだったからだ。

　それにしても私はすっかり夢中だった。タラははにかんだ笑みで彼を見た。この人はその感覚をさらにすばらしいものに変えてくれた。彼のことは、この情熱的な夜のことは一生忘れないだろう。この先どんな未来が待ち受けていようとも、リュシアン・マキシムの、フェランボー伯爵の思い出は、大切に胸にしまって鍵《かぎ》をかけておく。

　それだけで充分。そう思わなくちゃ。タラは自分に言い聞かせ、遠慮ぎみに彼から少し離れて横になった。確かにリュシアンという名の男性に恋はしたかもしれない。でも、今隣にいるのは地位のあるフェランボー伯爵だ。彼が自分と同じ気持ちでいると思うほど、タラは愚かではなかった。

3

二年後。

黒い雲が広がっていた。この時節のヨーロッパ最南部においてはめずらしい、ひと雨きそうな天候のもと、第十一代フェランボー伯爵――リュシアン・マキシムは、地方に数多く所有する豪華なホテルのひとつに愛車のアストン・マーチンを乗りつけた。

ドアをあけ、がっちりした体を伸ばして、手にとった淡い色のサマージャケットに袖《そで》を通す。視線を感じて顔を上げた。とりたてて目立つところのないぽっちゃりした若い女性が、赤ん坊を抱いて錬鉄製のバルコニーから彼を見下ろしていた。

タラ・デヴェニッシュ。

再びタラを目にした衝撃は、みぞおちに一発くらったも同じだった。じっと見返していると、時間が過去に巻き戻っていく。あの夜からまだ二年しかたっていないのか？　二年の間にリュシアンは弟を失い、ひとりの姪《めい》ができた。ギイとフライアは結婚し、それから一年がたとうかというころ、悲惨な交通事故で命を落とした。今タラに抱かれているのが、ひとり残された彼らの娘だ。

姪である赤ん坊の姿には心が癒《いや》されたが、何も知らないギイの忘れ形見をタラが抱いているのかと思うと胸が悪くなった。思い出すのは、なりふりかまわず腰をくねらせていた彼女の姿だ。いい女だった――いや、最高だった。だがあとになって知ったのだ。弟も同じ感想を持っていたのだと。

くそっと声に出してうめき、荒々しくドアを閉めた。あの事故の直前、フライアは妹のタラが夫と関係していると公にして非難した。悲惨な死の運命へと車を出発させるとき、ギイの精神状態はいったいどんなだったろう。

　リュシアンに言わせれば、ギイの死の責任はタラにある。子供を抱いた感動的な場面を演出して、こちらの態度を軟化させる魂胆なら考えが甘い。彼女は誰かに忠告してもらうべきだった。僕はギイのように単純じゃない——僕は彼とは違う、断じて違う。二年前になぜ彼女の性格を大きく読み違えてしまったのか、リュシアンは今でも信じられなかった。

　由緒あるフェランボー家の色、濃い赤紫と金色をまとった制服姿のドアマンがさっと動いたが、ドアに手をかけるのはリュシアンのほうが早かった。ドアを大きくあけ、目に入ったひとりひとりの名を呼んであいさつを返す。多くの貴族が躍起になってほしがる称賛や尊敬も、リュシアンにはうっとうしいばかりだったが、だからといって彼らをすげなくあしらうべきではないとの信念が彼にはあった。

　時間がないので先を急いだ。スタッフのジャケットにあしらわれた紋章を見るまでもなく、ここに来た目的は自覚していた。家の名誉がまたも汚されようとしている。スキャンダルは目前だ。だからこそ、醜聞の拡散を防ぐため、今またリュシアンの手腕が問われている。

　ギイの死でパンドラの箱が開き、今度はパンドラ自身——リュシアンが愚かにも純真な娘だと勘違いしたタラ・デヴェニッシュが、招きに応じてここにやってきた。操るのは簡単だった。彼女は養子縁組の書類にサインする前に、ポピーが暮らすことになる場所を見ておきたいという。リュシアンは疑っていた。もしやこれを、姉にならって裕福な夫をつかまえる最後の好機ととらえたのではないか。でなければ、彼女の弁護士に電話一本かけただけで、どうしてあっさり会うのを承知したりするだろう。

片手が、事前に用意した胸ポケットの小切手へと自然に動いた。これまでの養育費に加え、今後自分やポピーとは永久にかかわらないと誓わせるに充分な金額が記入してある。弟の子供の扱いについては、一から十まで誰にも文句は言わせない。思うとおりにさせてもらう。追い払う、弱みをつく、化けの皮をはぐ――ギイの死からこっち、うるさく寄ってきたたかり屋たちにリュシアンが一貫して使ってきた手法がそれだった。

今になってやり方を変える必要など感じない。タラは自分が賢いつもりでいるらしい。おとなしめの靴にこざっぱりしたスーツを選び、気分屋でわがままだった姉との違いをうまく強調したつもりらしいが、外見だけ整えたところで、フライアの言った不誠実な尻軽女でないことを納得させるには不充分だ。

二年前、リュシアンは彼女なら助けてもいいと判断し、何かしてやりたくて、ベッド脇《わき》のテーブルに金を残した。大金だった。暮らし向きをよくする足しにしてくれたらと思った。なのに今はだまされた気分だ。悪いのは自分だ。それとわかる兆候とてなかったわけじゃない。安っぽい香水のにおいをぷんぷんさせていたし、化粧も濃くて、男の気を引く挑発的な服装をしていた。得られる結論はただひとつ。要するに、あの夜の自分は下半身でしかものを考えていなかったというわけだ。

支配人が急ぎ足でロビーを横切ってくると、リュシアン・マキシムは型どおりのあいさつに手早くこたえて、今度の話し合いの場となるプライベート・ルームに直行した。室内をざっと見まわし、指示どおりになっているかを確認する。花も軽食も不要、いっさいの温かみは排除してくれと言ってあった。二年前のように、意のままになりそうな男だと思われてはかなわない。

支配人にタラを呼びに行かせると、リュシアンは神経質に部屋を歩いた。いつもと違う感じがするのは、タラと会うと思うからか、それとも姪に会う期待感なのか。認めるのはつらいが、正直この二年、リュシアンの心は必要以上にタラによって占められていた。見つけ出して様子を探ろうかと思ったほどだ。だが結局それはマスコミがやってくれた。あのときに感じた憤り。新聞はタラ・デヴェニッシュと弟のギイとの不倫関係を報じていた……。

　今でも怒りを抑えているのがやっとだった。怒りを遮断すると、もうひとつの、はるかに頭を悩ませる別のイメージが思考に割りこんできた――ベッドで見たタラの姿だ。

　体は今も彼女を求めていた。

責めさいなまれるとはこのことだ。

　しばらくたってもタラが現れる様子はなく、リュシアンは表情をくもらせた。待っているのはわかっているはずだった。二年前なら甘やかしもしたが、今は違う。あと二分待って来なければ、二階から引っ張ってくるとしよう。イギリスの裁判所はタラに一時的な養育権を認めたかもしれないが、赤ん坊もタラも、ここでは僕の監督下にある。

　リュシアンに再会できるなんて奇跡だった。夢のようで体中がしびれてくる。彼の車が止まり、彼の髪が風に揺れるのを見たときは、体が激しく反応した。彼がすっくと降り立ったときは、彼の胸で感じた安心感ばかりが思い出された。けれど、二階を見上げる彼の瞳に冷たい落胆の色を認めたときは、夢と現実との落差に動揺してしまい、非難がましい表情からあわてて目をそらした。

　私は認識が甘いんだわ。タラは奥に引っこんで眠っている姪を腕から下ろした。自分はなんでも好き勝手に想像して信じてしまう。彼が私と別れてさみしがっているとか、今にもここにやってきて腕に抱き上げてくれるとか、彼も私と同じように会いたくてたまらない気持ちでいるとか……。

　許してもらえたという考えはタラにはなかった。そもそも、広まっている話が全部でたらめなのは、彼もわかっているはずだから……。

　現実に目を向けるのよ。自分で自分が歯がゆかった。みじめな現実はこうだ。リュシアンの姿を昼間に見たのは十分前が初めてだ。彼とはナイトクラブで会ったのち、そのまま彼のホテルに直行して関係を持った。少なくとも、リュシアンの認識はそうだろう。ベッドで目を覚ますと彼はいなくて、代わりに大金とタクシー会社の電話番号が残されていた。タラが提供したサービスの対価というわけだ。公正な考え方をするなら、経験不足のタラに対して、それは太っ腹な対応だったといえる。

　今の私はきっと顔が真っ赤だわ。タラは鏡をのぞき、ぷっくりした頬をたたきながら、二年前のあの夜、単純にもホテルのフロントに行って、フェランボー伯爵が住所か電話番号を残していませんかとたずねていた自分を思い返した。男性スタッフはゆがんだ笑みを浮かべ、伯爵が少し前にチェックアウトしたこと、住所は聞いていないが支払いのほうはすべてすんでいることを教えてくれた。あなたへの支払いもね、と彼の表情がはっきりと言っていた。

　ホテルのスタッフみんなできっと噂《うわさ》していたのだろう。タラは鏡に映った残酷な現実を見つめながら思った。忘れられないのは、アパートメントに戻って報告したときのフライアの驚喜した顔だった。驚くのも当然だ。妹がリュシアンに気に入られるのはまず無理だと、フライアにはわかっていたのだ。

　そのフライアは、ギイについていくと言って荷造りを始めていた。思い出すと、あのときに感じた不安とさみしさがよみがえってくる。姉のいない暮らしは考えただけで恐ろしかった。やがて永遠の別れが来ることなど想像もしなかった。

フライアは陽気な笑顔で大丈夫よと言った。リュシアンに二度と会えなかったとしても同じような金持ちはたくさんいるし、次からはあなただってもうやり方がわかっているのだからと。

過去を追体験していると、今でも情けなさに身がすくむ。あの瞬間、自分は悲嘆に暮れていて、フライアの言葉は絶対に嘘《うそ》だと信じこもうとした。リュシアンにはまた会えるわ。二度と会えないなんて、とても耐えられない。

耐えられないのは今だった。なにしろ……。

一連の経験で得たものはただひとつ、教訓だ。姉が道筋を示してくれた人生は、私の望む方向とはまったく違っている。

タラは鏡に映った自分を悲しい思いで見つめた。ぐっとおなかをへこませても、ずっと息を止めてはいられない。十分で服のサイズを三段階小さくするのも無理だ。量のある赤みがかった明るい金髪は、手櫛《てぐし》でとかしてもおさまりがつかないけれど、少し化粧をすればいくらかは……。

問題はメイク道具を持ってきていないこと。

悩みに悩んだ。日焼け止め効果の高い子供用クリームとベビーパウダーくらいでは、見た目は変えられない。でも手元にはそれしか……。

ベビーパウダーの容器を手にとり、逆さにして手のひらに少し出してから赤い頬にはたいてみた。

まあまあといったところか。

たいした変化ではないし、完璧《かんぺき》にはほど遠いものの、てかりと赤みは少し抑えられている……。

下唇を歯でこすりながら、うまい具合にふっくらしてくれないかと思った。できれば唇と頬の色を逆さにしたい。唇は真っ青で頬は真っ赤だ。

冷静な呼吸を自分に強いて、リズのところに行った。リズはタラに同行してきた若い子守りだ。彼女もタラが出たのと同じカレッジで保育を学んでいる。タラはリュシアンが置いていったお金を、勉学の費用にあてた。恥じる気持ちがそれでどうにか軽くなった。優等で卒業できたときは、生きてきた中でいちばん誇らしかった。

「伯爵と話をする間、ポピーを見ていてくれる？」

リズにたずねた。

例の事故が起きたのは、タラが母校のスタッフに採用されて働き出したあとだった。ポピーが暮らすことになる場所を見ておきたいとの理由からタラが休暇を願い出ると、優しい学長はそれならリズも連れていきなさいと強く勧めてくれた。タラを非難する新聞記事は誰もが目にしていたが、友人も同僚もひとり残らず、あんなのはまるきりでたらめだと言ってくれている。リュシアンも同じように思ってくれたらどんなにいいだろう。

無理だ。ホテルにやってきたリュシアンはさながら復讐《ふくしゅう》の天使で、とても話を聞いてくれそうな感じではない。そんな彼と今から顔を合わせる。

不安で体中に震えが走った。リュシアンが怖かった。彼の持っている力が怖かった。そして何より、ひと目見て笑われるのかと思うと、とても怖い。

もう何度目になるだろうか、もう一度スカートの皺《しわ》を伸ばした。安物だった。ただサイズは合っている。今回、そこはしっかり気をつけた。ブラウスの乱れを確認した。これも安物だ。安いので生地がぺらぺらだったが、ジャケットの前をとめているかぎり下着は透けない。でも前をとめてしまえばボタン部分が引きつれる……。

この胸……。

大きすぎるのだ。

どこもかしこも大きすぎる。

おまけに頬を流れる涙まで大粒だ。泣きたくはなかった。泣くのは弱い証拠だ。ポピーという守るべき存在がある今、弱虫にはなれない。

涙をさっとぬぐって盛大に鼻をすすった。いちばんいい方法は何かと考え、まん中のボタンだけとめて、あとのふたつは外すことにした。

よくなった。まあ、合格か……。

格好よくはないけれど、ぶざまではなくなった。

何が待っていようと、これで準備は完了だ。

相手がリュシアン・マキシムでも大丈夫。

リュシアンは権力を持つフェランボー伯爵で、すべてのカードを持っているかもしれない。でも愛情あふれた温かい家庭で子供を守り育てていくことはできるの？　ポピーがフェランボーの地で暮らすにしても、自分たち姉妹のように赤の他人に世話をされるのなら、彼にはまかせられないとタラは思っていた。お金でたいていのものは買えるといっても、時間は買えない。実際、リュシアンは事業に熱心で、時間がほとんどそちらにとられている。

廊下に面したドアがノックされ、タラはくるりと振り返った。緊張で胸がつまった。

「どうぞ……」蚊の鳴くような震え声で、自分で聞いても情けなかった。

「ミズ・デヴェニッシュ？」

肩から緊張が広がっていく。ドアがあいてホテルの支配人が入ってきた。

「伯爵が到着なさいました。階下《した》でお待ちです」

そう、彼は二十一世紀版の勇壮な黒馬で勢いよく門を入ってきた。到着したのはタラも見ている。

「ミズ・デヴェニッシュ？」支配人が返事を促す。

頭が混乱してパニックになった。計画は穴だらけだ。まだ時間がいる。ポピーをフェランボーに連れてきたのは、弁護士にそうするよう言われたからだ。でも、彼らは誰の命令に従っているの？　今になって疑問がわいた。リュシアンは新聞記事を信じている。つまり、私にはポピーの養育をまかせられないと考えている。彼はポピーをとり上げにやってきた。私のことを、弟の死を利用しようとする腹黒い女のひとりだと考えて。

支配人の咳払《せきばら》いでタラははっと現実に戻った。話すのは昔から苦手だったし、事故の前はフライアの陰で地味に暮らしていればそれで満足だった。けれど、守るべきポピーという存在ができた以上、もう以前の自分には戻れない。顔をぐいと上げて力強い声で言った。

「伝言ありがとうございます。伯爵に伝えてください、できたらもう少し待って――」

わずかな時間をもらってどうなるの。ここは体当たりでぶつかって早くけりをつけたほうがいい。

驚いた支配人の困り顔が、彼も同じ意見だと言っていた。とはいえ、事故のあとポピーと送ってきた静かな暮らしに比べれば、乗り越えるべきハードルがあまりに高すぎる。だったら最初に顔を合わせるのはやはりこの部屋がいい。外に出るとへまをしてしまう可能性が……。

「私の部屋においでいただけるよう頼んでもらえませんか？　ああ……時間は十分後で」

「ここにですか？」

支配人は唖然《あぜん》としたようだ。言いたいことを言わずにいるのは、想像するに、自分を律する訓練を長年続けているからこそだろう。

支配人が戻っていっても、安堵《あんど》したのは一瞬だった。再会の時は刻一刻とせまっている。リュシアン――私が好きになった人、前に会ったときには夜の商売の女性にするように私を金で追い払った人。

彼を待ちながら、どんな音も聞き逃すまいと耳をすませた。息をひそめ、階段に彼の足音が響くのを待った。緊張している自分が恨めしかった。

たとえば自分に男を手管にかける才能があったなら、彼を懐柔する方法も思いついただろう。勝気で活発な女性だったら、いや、みじめで無力でなんのとりえもない女性でなかったなら、恐れずに立ち向かうことができた。けれど、あいにく私はそういう都合のいい性格にはできていない。二十歳そこそこで、男性についてはほとんど無知だ。おまけに太っていて、十人並みの容姿で、貧乏で、実の姉からも退屈だと言われていた。うまくしゃべれるかどうかは、この際どうでもいい。それよりまともな説得材料ひとつ示せないことのほうが問題だ。服装や社交上のたしなみにしても……。

怖くてさっきから歯の根が合わなかった。リュシアンのことだから、たぶん待ち時間もむだに過ごしてはいない。ポピーの人生から私を切り離す計画を綿密に練っていたはずだ。

今を乗りきるには不安を忘れなければ。悪いほうにばかり想像してどうするの。頭を働かせてじっくり考えるのよ。

だがどれほど頑張ってみても、頭をよぎるのは、もしもポピーが自分の意志を示せたなら、彼女はタラ叔母さんを保護者に選びはしないということ。

でも、じゃあいったい誰がポピーを守るの？　リュシアン？　リュシアンのほうがはるかにうまく対処できることは想像がついた。ついたけれど、彼自身はどうせ外から使用人に指示するだけだ。

タラは窓に近づき、窓ガラスをあけて、奇跡を願いながら深呼吸をした。奇跡など起こらない。ここには自分と、両親を亡くした赤ん坊と、フェランボー伯爵がいるだけだ。舞台上のキャストはこの三人、そして、役を演じるだけで満足するか、脚本を書く側にまわるかはタラの胸ひとつなのだ。

今こそ正念場だ。もう二年前の女の子とは違う。保育の勉強もしたし、ポピーの幸せのためなら、何があろうと断固として戦ってみせる。

リュシアンはせかせかと部屋を歩いた。そこかしこにスタッフがいた。いかなる指示にも即座に従いますという顔だ。手を振って全員下がらせた。今の望みはひとつきりだった。話し合いをさっさと終わらせること。それでようやく姪を安全な場所に移すことができる。いや、この三十分ずっとそう考えていたのは確かだったが、現実は少々複雑だった。ポピーを守りたいのは当然として、タラの小ぎれいな爪が、体のどこかしら奥深くに食いこんでいる。それを引き抜きたくてたまらなかった。

もう一度時計に目をやった。待たせるとは彼女もいい度胸だ。この話し合いを軽く見ているのか？行儀よくさせようと用意してやったスイート・ルームで、贅沢《ぜいたく》を満喫するのに忙しいのか……。

足を止めて頭をかいた。いくらなんでも最後の想像は、彼の知るタラにはそぐわない気がした。部屋を掃除しているのかもしれない。今でも思い出すが、彼女は姉がうっかり落としたナプキンをこっそり床から拾っていた。さらには、姉がテーブルにこぼしたワインを、同じ優雅な所作でふきとってもいた。あのタラに、マスコミやフライアが言うような不品行な雰囲気はまるでなかった。

記憶を再確認したそのとき、新聞の見出しが脳裏によみがえった。新聞には〝まさかの愛人〟とあった。ギイの腕に抱かれるタラのイメージが次々に頭に浮かんで、リュシアンは気分が悪くなった。一緒に過ごした夜が思い出された。彼が眠っていると思ったのだろう、タラは小さな声で、これからも愛するのはあなただけだとつぶやいていた。

あの愛情や純真さはなんだったんだ！

支配人は何をしている。リュシアンは鋭く目を細めると、あいたドアのむこうに見える階段を凝視した。タラにもフライアと同じ腐った血が流れていたことが今からはっきりする。さあ、対決だ。

4

　ホールを通るリュシアン・マキシムが周囲を振り向かせるのは、彼のまとった剣呑《けんのん》な雰囲気のせいばかりではなかった。日に焼けた体と経験からつちかわれた強い精神力を持つ彼には、威圧感と品のよさが同居していて、それが無視できない魅力を生んでいる。着ている衣服は一流の仕立て、装飾品は腕時計とさりげなく家の紋章が彫られた金のカフスボタンのみ。所有する地所がフランスとスペインの両国にまたがって何千平方キロにも及ぶような人間は、格を上げるために欠かせないと一般人が信じる見せかけの飾りなど必要とはしない。

　階段の手前まで来たとき、リュシアンの目に急いで下りてくる支配人の姿が映った。

「彼女はどうしている？」彼は支配人に問いかけた。

「伯爵様、マドモアゼル・デヴェニッシュは下りてはいらっしゃいません」

　不安がきりりと胸をついた。「赤ん坊は――」

「見たところ、とてもお元気そうでした」

　リュシアンは大きく安堵《あんど》し、すぐに頭をタラへと切り替えた。「それならなぜ彼女は部屋にこもっているんだ？」

「マドモアゼル・デヴェニッシュがおっしゃるには、十分後に部屋に来ていただきたいと」

　来ていただきたい？　来ていただきたいだと？

　彼の胸に怒りが渦巻いた。タラは明確な指示を無視したばかりか、厚かましくも反対に命令してきた。こうなったら化けの皮をはいでやる。二年前とどれだけ変わった？　今は部屋でびくびくしているのか？　それとも、あと少しで金が手に入ると思って笑いが止まらずにいるのか？　彼女の目的がなんであれ、赤ん坊は引きとり、悪影響のない安全な伯爵邸で育てる。欲の皮のつっ張った、まともな愛情が注げるかもわからない女になどまかせられるものか。

「わかった。行ってこよう」リュシアンの口調は、哀れな支配人を壁にぴたりと張りつかせた。

「はい、伯爵様……」

　階段を上りながら、リュシアンは胸ポケットの小切手に指を触れた。彼が父から学んだことがあるとすれば、それは、世の中には普遍的に通じるやり方があるという教えだった。タラは彼女に見合った額を受けとる。リュシアンは金で彼女を追い払い、それできっぱり忘れる。踊り場で振り返ると、支配人がまだ下にいて役に立ちたそうにしていた。

「ミズ・デヴェニッシュはひとりなんだな？」

「もうひとり女性の方がいらっしゃいます」

「どういう女性だ？」タラとの間に他人が介在するのかと思うと、手すりに置いた手に力が入った。

「君は知っているのか？」自分のような地位にある人物が悪い女にだまされるというのは、聞かない話ではなかった。金で雇った第三者を同席させて、のちに嘘《うそ》の証言をさせる気かもしれない。

「お子様の子守り《ナニー》ではないでしょうか」

　リュシアンは唇を引き結んで考えた。「子供の世話はミズ・デヴェニッシュがしてきたはずだ。彼女は今そういう仕事についているのだと思ったが」

　支配人が黙っているので、彼なりの推測をするしかなかった。タラが〝ナニー〟を連れてきたのは便利だからだろう。ナニーがいれば、とても大切な存在だと言っている子供の世話を、気分しだいでいつでも放棄できる。彼女の姉がやりそうなことだ。

　フライア・デヴェニッシュ。階段を上りながら、いまいましさとともに頭の中でその名をつぶやいた。派手なブロンドの髪をした、お気楽な人生観を持った女だった。我が子より自分の欲を優先する女だった。フライアがギイをたぶらかしたように、タラがもしこの僕も丸めこめると思っているのなら——。

「君は来なくていい」厳しい口調で支配人に言った。「いきなり行ってミズ・デヴェニッシュの不意をついてやりたいからな」

ナニーには席を外させ、タラの本当のねらいを探り出してやる。どうすれば追い払えるかを見極めるのはもちろんだ。姪《めい》の幸せのためなら、金はいくらかかってもかまわなかった。現時点でのタラの印象はあまりに悪く、早く縁を切りたくてたまらない。足が急ぐのはそのせいか。それとも、もっと原始的な望みがそうさせるのか。

再会を前にしてもタラが悠長にしている事実は、理屈とは関係なくリュシアンをいらつかせ、胸に残る彼女への同情心を最後のひとかけらまで消し去った。スイート・ルームで何を目にしようとかまわなかった。待っているのは狡猾《こうかつ》な策略家か、最後の望みをかけて二年前に始めたことのけりをつけようとする妖艶《ようえん》な女なのか。どっちにしろ、リュシアンとしては金をわたして追い払うのみだ。

神経をとぎすまし、それこそ全身を耳にして待っていたため、実際にリュシアンのノックが聞こえたときに、タラは思わず悲鳴をもらしていた。

ふたりを隔てるのは、もはや薄い一枚の板のみ。立っているのがリュシアンなのはわかっていた。間違えたくても無理だ。今のノックは音からして威厳があり、そこに独特の力強さや揺るぎない意志の力、そしてこの話し合いをとっとと終わらせようとする彼の決意が感じられた。控えめなホテルの支配人とは違い、フェランボー伯爵は感情を抑える必要がない。当然だろう。ここはリュシアンの部屋で、彼のホテルで、彼の王国なのだから。

　となると、私は彼の支配下にある……。

　そう思うとタラの体は激しく反応し、抑えようとしても抑えられなかった。ドアをあけるときには変に興奮した姿を見せないほうがいいと自分に言い聞かせてみるが、体はいうことを聞かない。この体はもう一度リュシアンに触れられたがっている。タラは強烈な不安に襲われた。

　そして欲望にも。

　口がからからだった。あの夜をどうして忘れられるだろう。私は忘れない。この体だって。

　二度目の強いノックがドアを震わせると、板のむこうに筋肉質の輪郭が見えた気がして、歯ががちがちと鳴り出した。頭蓋《ずがい》に響く音を意識しながら、タラは待っているリュシアンの気配を、襲いかかろうと身がまえる肉食動物の気配を肌で感じた。

　だったら私は何？　隠れ場所のないねずみ？

　三度目のノックで、タラは恐怖に声をあげた。

「少しだけ待ってください……」緊張と気の弱さと不安がそのまま表れた声になり、錠を下ろしていてよかったと思わずにはいられなかった。

　ごくりとつばをのんで髪をなでつけ、スカートの乱れがないか確認した。ジャケットは？　襟のあたりは？　細部に問題があるなら、背が低くて太りぎみで美しくないこの全身は、いったいどれだけ醜く見えることだろう。ああ、目を閉じて開くだけですらりと背の高い、優雅で、場に応じた言葉が次々に出てくる女性になれればどんなにいいか。

「タラ」荒々しい声がした。「あけないなら、勝手に入るぞ――」

「今あけますから……。すみません」タラは部屋の中央で身を固くし、体の両脇《りょうわき》で拳《こぶし》を固めていた。

「急いでくれ。さあ」

　好きだったこの声……。本気で腹を立てているのがわかる。タラは落胆し、夢破れた気分でよろよろと動いた。一歩……二歩、それだけでドアの前まで来た。

「あけます」意味のない予告をした。むだに明るい声がいかにもわざとらしく響いた。

ドアの握りを凝視しながら落ち着こうと努力した。心を強く持つのよ。フライアの悲惨な人生と死に様は、タラにとって何より怖いいましめとなった。だからこそ勉強もした。いい暮らしを手に入れた。それを守るためにも戦う意味はあるんじゃないの？

「何をぐずぐずしているんだ」

こんなきつい言葉を発していても、その奥にいるのはやっぱりリュシアンなのだと、優しかった彼なのだと信じずにはいられなかった。

震える指で錠を外した。床に視線を据えたまま、ドアを大きく引きあけた。全身でリュシアンの気配を感じた。私を変えた人。私の人生を変えた人。

「伯爵……」今でも体は興奮していたが、出てくる声は震えていた。今日に備えて慎重に心の準備をした。したと思っていたのに、そばまで来た生身のリュシアン・マキシム――フェランボー伯爵その人の前ではどんな心がまえも意味をなくしてしまう。

ずかずかと入ってきたリュシアンは、一瞥《いちべつ》もせずタラの前を素通りした。止まって、振り返り、部屋の中を見まわしている。

無視された。

でも私は？　私はどうなの？　気がつけば感情が乱れ、何も言えずに立ちつくしていた。胸にあふれる気持ちだけが抑えられなかった。「リュシアン、弟さんのこと、お気の毒でした――」

彼の表情が、続くタラの言葉を凍らせた。「君とここでギイの話をするつもりはない」

声は静かな部屋に響きわたり、一語一語がタラの希望を打ち砕いた。リュシアンはひたすらタラを軽《けい》蔑《べつ》し、他人から聞いた話をうのみにしている。

彼は位置を変えて、高みからタラをにらみつけてきた。ここは彼の部屋で、タラは歓迎されざる客なのだと、その態度がいやでも教えている。彼の部屋というだけではない。ここは彼の国だ。リュシアンの基準、リュシアンの法律がものをいう場所だ。

タラ自身は恋の病をわずらった少女も同然で、やっと口にした言葉が彼を不快にしてしまった事実に、早くも落ちこんでいた。

でも、あれは本心から出た言葉だ。自分がフライアの死を悲しんでいるように、リュシアンも弟の死がつらいのだと、タラは信じたかった。何も感じないような冷たい心の持ち主ではないはずだ。

それに、今でもタラは彼を愛している。

ただただ、手を差し伸べて彼の助けになりたいと思った。ばかげた考えだ。彼はタラなど求めていない。誰にも愛情を求めないし、必要としてもいない。今の彼は、いつにもまして洗練された、自信にあふれた様子でここにいる。

さげすみの目を向けられていると、心がどんどん萎縮《いしゅく》していくようだった。肉づきのいい頬が、お粗末なベビーパウダーの下で真っ赤になっているのがわかる。

タラは静かに後ろを向いて、過剰に神経を使いつつドアを閉めた。振り返ると、リュシアンがまったくの無表情で見つめてきた。彼の瞳が何かを語っているとすれば、それはタラが邪魔な存在であり、たいして気にもならない女性だということだった。

「タラ……」

深みのある懐かしい声だったが、口調から感じるのは皮肉と嫌悪感だけだ。安心できる何かを求めてタラが瞳を探っていると、リュシアンはさらなる非難の材料を探すように見返してきた。

さぞかしたくさん見つかっただろうと思った。今でも太っているし、きれいじゃないし、話すのは苦手だし、いろんな意味で不器用だ。現に今も、湿った震える手で繰り返しスカートの皺《しわ》をなでている。

「ポピーは別の部屋にいるわ」注意を自分からそらしたくて、どうにかそれだけ言った。

今度も失敗だった。リュシアンは視線を外さず、タラの頬は依然としてほてりっぱなしだ。

「子供の顔はすぐに見せてもらうさ」

悪夢の中の悪夢が現実になったようなものだった。この再会はひどすぎる。子供っぽく夢に見たシーンとはまったくかけ離れていて、現実だとは受け止められないというか、人ごとのような変な感覚だった。それほどに受けた衝撃は大きかった。あまりにきっぱりと拒絶された気がした。

けれどこれは現実なのだ。目の前にはリュシアンがいて、彼はタラを軽蔑している。険しいまなざしには、ユーモアのかけらさえ見られない。僕をたぶらかすのはよせ――そう言われている気がした。でないとまっすぐポピーのところに行って、君のもとから引き離すぞと。

二年前に彼が置いていった札束が、ぱっと脳裏に浮かんだ。あのお金でタラはおとしめられた。つき返しはしなかったから、彼はほくそ笑んでいるに違いない。裁判で有利な材料になると思っているはずだ。だがタラに劣等感はなかった。あのお金はカレッジの授業料に使ったのだ。たぶん、その事実があるからこそ、自分は彼の顔をちゃんと見返せている。

「あなたの考えていることはわかるわ――」

「ほう、そうか?」

人をまどわす穏やかな声だが、笑顔には残忍さがあった。いばらの鋭さを全身から発している。タラは一瞬自信がぐらつき、しかしポピーを思って勇気をとり戻した。今の気がかりは廊下の先で眠る、タラしか頼る者のいない小さな赤ん坊のことだけだ。使用人に育てられるさみしい人生などあの子には送らせない。リュシアンがどんな態度に出ようと、それだけはゆずれない。

「心が読めるんだろう？」彼は先を促した。

二年前の彼は優しかった。二年前の彼は、靴底に引っかけてきたごみを見るような目でタラを見たりはしなかった。二年前、タラは恋をし、バージンではなくなり、最後にはそう、自尊心まで失った。会わないほうがよかったのかもしれない。だが、タラはここに来ることを選んだ。ポピーの未来をどうして弁護士だけにまかせておけるだろう。

「新聞記事をそのまま信じているの？」静かにたずねた。

「記事は全部でたらめだと？」

「あなたならわかってくれると思ったのに――」

「でたらめか。実の姉の言葉だろう」

タラはリュシアンの視線にひるんだが、どれだけ挑発されようと、フライアを悪く言うつもりはなかった。「姉は勘違いをしていたのよ」

「証明できるのか？」

タラが何か言うたびに言葉は踏みつけられ、けちらされしてしまう。もっとも、こうなることは予測がついていた。生来のたくましい想像力のせいで、別の可能性を信じてしまっただけだ。屈しはしない。負けるわけにはいかない。

「あなたがどう思おうと、ギイとは何も――」

「だったらなぜ〝まさかの愛人〟なんだ？」

汚らわしい見出しを口にされ、タラは青くなった。

「何を信じようとあなたの自由よ。でも真実は変わらないわ」リュシアンはじっと動かず、彼が発したむごい言葉が、挑戦状のようにふたりの間にただよっている。タラはとうとう緊張に耐えられなくなった。「どうしてギイと寝なきゃならないの？　私はあなたと寝たのよ」リュシアンの瞳に何かの感情がよぎったが、表情は硬いままで何も読みとれない。

「答えて、リュシアン」声を強めた。「ギイに話しかけられることはあったわ。ギイはフライアのことをきいてきたの。ギイは悪くない。彼はただ――」

「僕の前で弟の話はするな」

　リュシアンは一歩間をつめてきた。細めた目にまぎれもない悪意が見える。声は氷そのもので、目つきが怒りにたぎっている。そんな恐ろしい表情からあえて目をそらさずにいたタラだったが、高まったエネルギーがゆっくり別の何かに変わっていくのに気づいたときには、さすがにぞっとした。

　嘘……いや……。かぶりを振って自分の見ているものを、自分の体の変化を否定しようとした。ありえない。あってはいけない。

　気のせいではなかった。リュシアンの瞳にのぞくのは純粋な欲望だ。とても無視する気にはなれなかった。経験と知識の深さをうかがわせる表情、タラの望みを完璧《かんぺき》に理解した表情だ。体が激しく反応した。見つめられるだけで不安が消え去り、抱いていた甘い夢が、荒れ狂う欲望に変化していく。リュシアンは気づいている。瞳の表情でそれがわかると、体はもう燃え上がるばかりだった。

　でも心は？　この気持ちはどうなるの？

　巨大なブラックホールがタラの心と、そしてばかげた白昼夢をものみこんでいた。まだ理性が働いていたこのわずかな時間、状況を客観視したタラに見えたのは、いくら金と力があっても、リュシアンは感情面で枯渇しているということだった。対するタラは感情にあふれていた。ほしいというなら分けてあげられるくらいだ。

　もっとも彼は優しさなど望んではいない。彼はすっきりしたいだけ。道徳心がためされているのではない。彼にあるのは単なる原始の欲求だ。

　両側から腕に触れられると、一瞬にして二年前へと気持ちが逆行し、彼に教わった喜びがあらためて新鮮に思い起こされた。同じ甘い感情を彼から引き出そうとしてもむだだろう。リュシアンには感じる心そのものが欠落しているのだから。

かたやリュシアンは、タラが自分よりはるかに弱い存在なのを意識して慎重になっていた。だが、この状態の意味するところはお互いわかっている。小ぎれいなごまかしをしても意味はないと彼は思った。互いが感じているのはまじり気のない単純な欲望だ。リュシアンがここに来たのは、子供を連れ帰るのが目的だった。抱きたいという衝動は厄介なおまけなのだ。一度満足してから、また先に進めばいい。

「いいのか？」彼が見つめるとタラは黙った。それから唇を薄く開いて目を閉じる。胸を大きく上下させながら、頬を上気させている。「いいんだね？」リュシアンは強い口調で繰り返した。

彼女が目をあけて見つめ返した。「二年間、この瞬間をずっと待っていたわ」ささやき声で言う。

震えるふっくらとした唇がリュシアンを誘っていた。これがマスコミの言うふしだらな女なのか？　それとも、弟についての彼女の弁解は信じてもいいものなのか？　体を寄り添わせると、彼女が反応するのがわかった。これは僕だけに見せる反応なのだろうか？　体を引いて表情を観察した。彼女は臆《おく》さずにその視線を受け止めた。

瞳の色が濃くなり、とろんとした表情になっている。額の髪を後ろに払ってやると、リュシアンはその額に口づけた。

我が家に戻ったようにほっとできた。

もっとも、と彼は思った。自宅が複数あっても、自分はどこにも長居をしないほうだが。

ジャケットを脱いで椅子にほうり、タラに手を貸してジャケットを脱がせた。彼女はせかされたように超特急で残りの衣類を脱ぎ捨てた。リュシアンはジッパーを下げて自分を解放した。

彼女の興奮した声にせき立てられるままに、リュシアンは腰を使った。目を閉じ、疑念を追い払って流れこむ快感に心を集中させる。深く、力強く、彼女を責めた。ぐいっと大きな動きを繰り出すたびに彼女の体がカウチに沈み、家具が揺れ、間に合わせのベッドがわずかずつ床をすべった。

それでも彼女は満足しなかった。

「もっとか？」リュシアンは喜んでいないふりで問いかけた。「もっとなのか？」腰をぶつけながらペースを上げると、興奮にのまれた彼女がかん高い声をあげはじめた。

「そうよ」抑えきれずに彼の肩に歯を当て、彼の尻を強くつかんでくる。「もっとよ」

けりをつけてやったとき、リュシアンは彼女の絶頂の激しさに驚いた。静かになっても、なだめてやるのは問題外だった。できるだけそっと体を離し、立ち上がって服をなおすと、バスルームに向かった。

5

タラはリュシアンの去ったカウチで横になっていた。どこまでも愚かな自分に呆然《ぼうぜん》とするばかりだった。最初のハードルも越えられなかった。私はポピーを裏切った。自分自身を裏切った。これではリュシアンの考えるとおりの女だと自ら証明したも同然だ。意志の弱い情けない女の見本。心底自分がいやになる。あっという間に体の欲求に屈してしまった。愛されたい、そばにいたいと、軽蔑《けいべつ》しかされない相手と知りながら悲しい願望にあらがえなかった。それで何が残っただろう。愛は受け身ではなく、努力して手に入れるものだ。なのに、そのチャンスを私は棒に振った。愛を感じることのできない男に、ポピーの成長を見守るチャンスを投げわたした。そしてリュシアンが何を証明したかといえば、気分しだいでいつでもどこでもどんな場所でもセックスができるという、ただそれだけ。

　シャワーの音が止まっていた。さっと立ち上がると、バスルームの気配を耳で感じながら、脱いだ服をかき集めた。湯気と石けんの香りをまとったリュシアンが、足どりも荒々しく戻ってきた。

「君もシャワーを使うといい」髪をふきながら言う。

　シャツは前があいたまま、ズボンのジッパーも上がっていない。

　タラは目をそらした。脚の間に感じる興奮の名残に、たくましい彼から受けた喜びが思い出されて情けなかった。体はまだ彼を求めてうずいている。今求められたなら、また体を開いていただろう。タラは言葉にならない言葉をつぶやき、身を守るようにしっかと服を抱えて、彼の横を急いで通り過ぎた。

　リュシアンは髪をふきながら、周囲にあるものすべてに意識を向けた。中でも気になったのは、少年時代、いや、もっと幼いころを思い出させる何かのにおいだった。ベビーパウダーだ。前のときとは少し違う。二年前のタラは安っぽい香水を盛大に振りかけていた。今度は繊細なにおいで気づかなかった。もっとも、気づかないのは怒りや疑念や侮蔑の感情に支配されていたせいだ。

　ならば今は？

　今は違う怒りに支配されていた。タラの目的が生まれ変わった健全な自分を印象づけることにあったとすれば、彼女は自ら墓穴を掘った。

　リュシアンは服のボタンをとめ、タオルをたたみ、窓辺に立って待った。早く姪《めい》の顔が見たかった。子《ナ》守《ニー》りがどんな女性かもわかっていない。だが驚かせても悪いだろう。タラが戻るのを待って、紹介してもらうとしよう。あせりはなかった。今はとてもくつろいだ気分だ。すでにわかっている事実に加え、彼女は子供を安全な場所に引き離すべき充分な、かつそれ以上の根拠を示してくれた……。

しかし失望感は――これはまた別の問題だ。

タラが戻ると、リュシアンはさっと振り返り、ふたりの間にある欲望の強さをおしはかろうとした。まだ消えていないのはわかっていた。

「座って」

彼女は片眉を上げた。傷ついた用心深い表情。きれいな目だと、ソファの端に腰を下ろす彼女を見ながら思った。意外にも落ち着いている。さっきまでこの腕に抱かれて声をあげていたとはとても思えない。そのときリュシアンは気がついた。彼女がこの二年で何を手に入れたのか――貫禄《かんろく》と品格だ。妹を非難したフライアの主張にはそぐわない感じがする。タラにはギイの愛人らしき雰囲気もまるでない。姉よりも悪知恵が働くのか……。いや、タラの言っている話のほうが真実だという可能性もある。

リュシアンは目の前の特別美人でもない顔に神経を集中させ、なぜ心惹《ひ》かれるのか合理的な説明をつけようとした。

鼻筋をよぎるそばかすを別にすれば、肌は上等な磁器を思わせる繊細な色合いで、つるんとした額に金髪のかわいらしい巻き毛が張りついている。唇の曲線が魅力的で、ものごとのいちばんいい面を見ようとする性向を感じさせる。

フライアと共通する部分も多いが、美しさでは姉に遠く及ばない。目もかなり違っているが、色合いが鮮やかだというだけではなかった。姉のように注意力散漫な感じは受けず、代わりに姉にはまったく感じられない思索型の内面が透けて見えている。それは危険な印であり、ほかの女性と同じく彼女も信用してはいけないのだろう。だが彼女の唇を見ていると、状況しだいでこの唇は正直な言葉を発すると思わずにはいられなかった。そう、僕はまだ彼女を帰す心の準備ができていない。

「何か飲みものはいかが、リュシアン？」

リュシアン？　彼女の大胆さを彼は面白いと感じた。「いや、いらない。君も僕もすぐに次の用事があるからね」さて、いつまでそう強い態度でいられるのか。

「私も？」不思議そうな顔だった。まずは困惑が、続いて期待の色が、その瞳に表れた。いいところに連れていってもらえると思ったらしい。

立ち上がったリュシアンは、背を向けて彼女のそばを離れた。近くにいるとどうしても抱きたくなってしまう。女性にこれほど心乱されるのは、覚えがないくらい久しぶりだった。ホテルに来る前、リュシアンはタラ・デヴェニッシュについて、軽蔑にしかあたいしない女だと自分に言い聞かせた。ところが、顔を見ると記憶がいっきによみがえった。それは二年前の彼女、純情な娘だと信じこんでしまった彼女の記憶だった。

「姪の顔を見るとしよう」そっけなく言って過去を頭から締め出した。

タラは黙って腰を上げると、先に立ってドアに向かった。部屋の前までくると、眠っているのをお忘れなくというように唇の前に指を立てる。

彼女に興味をそそられるのは、たぶん、かわいらしさと妖艶《ようえん》さがこんなふうに同居しているせいだ。いや、そんなことはどうでもいい。リュシアンはドアを押さえている彼女の横を通った。仕事ができそうな手が視界に入った。どの爪も丸く清潔に切ってある。つらい仕事も苦にしない性格なのだろう。フライアがポピーの世話をタラにまかせていたのもうなずける。その間フライアはギイの財産を減らすのに夢中だった。思い出してみればフライアの爪は常に念入りに手入れしてあって、細い指の頂すべてがつやめいた真っ赤な色に塗られていた。

「かわいいでしょう？」

タラの声で不快な記憶が振り払われ、リュシアンは眠っている赤ん坊をしげしげと見下ろした。タラの言うとおりだった。とてもかわいい。赤ん坊のポピーは無邪気に眠っていて、庇護《ひご》してやりたいという衝動が強烈にわいてきた。だが、彼女とあんなことになったばかりで、まだ子供の話をする気にはなれない。気持ちを表に出さないよう、ただうなずくだけにしておいた。

やはりギイの死はリュシアンの心に深い影を落としている。感傷的になるのをきらって弱みを見せまいとしているけれど、タラには彼の苦しみが理解できた。そしてポピーへの愛情も。

「ナニーに会わせてもらおう」彼は後ろに下がった。

思わず背筋を伸ばしかけ、これではいつもの自分と変わらないとタラは思った。いつも何かが起こるのを待って、ただそれに反応してきた。どこかで自主的に動かなければ、永久に他人の陰から抜け出すことはできない。今の自分は熱い炎に引き寄せられる蛾《が》のままだ。その炎がフライアからリュシアンに変わったというだけ。強くなろうと思うだけではだめだ。何か策があれば……。

いい案は浮かばなかった。タラは考えながら、明らかにかしこまったふうのリズを、フェランボー伯爵に紹介した。前かがみになった彼がポピーの毛布をなおすのを見たときには、不安がさらに増大した。彼の表情がすべてを物語っていた。リュシアンはポピーの人生を引き受けようとしている。私は黙って見ているだけで、お払い箱になるのも目前だ。

でも、ポピーのためなら戦えるんじゃないの？

リュシアンには性格に欠落した部分がある。そんな冷酷で無情な人物に、大事な姪をまかせられるの？

「失礼」ベッドから下がるときに体が触れた瞬間、リュシアンは礼儀正しくそう言った。知らない人に話すような言い方だった。

「いえ」タラも平坦《へいたん》な口調で答えた。ポピーと引き離されたくなければ戦うことだ。リュシアンとまた会いたいと思うなら、行動を起こすことだ。

彼はドアの横に立って、先に出るよう促していた。こんなところがまたいかにも偉そうだと思ったけれど、今ここで反抗すればポピーがぐずってしまう。いえ、どんな場所であれ、反抗する手段はないんだったわ。考えながら部屋を出た。

赤ん坊をリズにまかせて静かにドアを閉めた。結局、残された手段といえば忍耐強く話をして理解を得ること、それしかない。でも大丈夫？　人間、信じるもののために戦うべきときはあるのよ。

「階下《した》に行く前に髪をなおしておくといい」

「髪？　どうして？」気になって頭に手を当てた。

「記者会見の前だしね……」

恐怖に喉がつまった。記者会見？　人の多い場所に行くだけでどぎまぎするというのに、スポットライトを浴びるなんて論外だ。

「スキャンダルは終わりにしたい」リュシアンは、記者会見など毎日のことだといわんばかりの冷静さだった。「誤解を生まず、非難の種をまかないためにも、僕のとる行動は逐一マスコミに公開する。とくに子供を養子にする準備段階では――」

頭が真っ白になった。まだ何か言っているようだが、耳には入ってこなかった。唇の動きがぼんやりと目に入るが、音は聞こえず、何も考えられず、言葉も出てこず、何がなんだかわからないまま呆《ほう》けたように彼を見返すことしかできない。記者会見で養子縁組を発表するですって？　いつから決めていたの？　ほかに何を言うつもり？　私をすぐにイギリスに帰すと？　事前の相談は何ひとつなかった。せめて警告くらいしてくれるのが礼儀でしょう。

　でも、彼も私も別の用件で忙しかったんだわ。タラは思い出して顔をゆがめた。

「養子縁組の話は君も知っていた」

「ええ、もちろん……。でも、記者会見のことは最初に言ってくれてもよかったじゃない」

「必要を感じなかったものでね」

　そうだろう。リュシアンはこの手のことに慣れている。けれど私は違う。

「子供には父親の存在が不可欠で――」

「えっ？」自分の苦境から瞬時にポピーの将来へと頭が切り替わった。リュシアンの言葉が頭の中で意味をなすと、彼を怒鳴りつけてやろうかと思った。ポピーに……ポピーに父親が必要って。

「それがベストなんだよ」彼はこともなげに言う。

　ベスト？　厚かましいというのか、反論する根拠は山のようにあったが、ここでもやはりうまい言葉が出てこない。出てきたとしても、リュシアンはもう先に部屋を去りかけていた。

「待って、リュシアン、待って――」

　廊下へのドアがあき、ざわめきがわっと耳に飛びこんでくると、あったはずの勇気がくじけた。フライアの死でマスコミに追いまわされ、精神をずたずたにされた。恐怖は心の傷となり、今でもまだぱっくりと口をあけている。

「行くよ」リュシアンは先を急がせ、タラにいやと言う隙《すき》を与えなかった。

　完璧《かんぺき》を求めるリュシアンを意識して、階段を下りる前に必死で髪をなでつけた。バッグに輪ゴムがあったので、髪を後ろでひっつめ、言うことを聞かない跳ねた毛をたたんで、うなじできつくまとめた。これで少しはましに見えるわ。

　紳士然とした態度をくずさず待ってくれていたリ

ユシアンだが、目を見るといかにも不満そうで、これではぜんぜんだめなのだとタラは悟った。しかも、たとえ髪をなでる程度であれ、自分が手を貸すなどとんでもないといったふうだ。

セックスはセックス、優しくするのはまた別。二年前の夜のような優しさは、もう二度と示してはもらえないのだろう。自業自得なのだ。タラにもリュシアンの気持ちがわかってきた。彼がいらいらするのも当然だ。なにしろ、タラは始終こんなふうに、ぐずで不器用な姿をさらしているのだから。

彼と階段を下りはじめると、タラはホテルに集まった人の多さに圧倒された。たくさんの顔が瞬時にぼやけて、ひとつの恐ろしい仮面になった。マキシム家にかかわる幾多の醜聞を面白がる記者たちは、リュシアンに呼ばれてここに集まったものらしい。集まってくる気持ちはわかる。フライアとギイは、たぶん世のどんなセレブ・カップルよりも新聞の売り上げに貢献している。フライアならこんな事態にも落ち着いて、楽しささえ感じながら対処したのだろう。でも、私はとても……。

「リュシアン……お願い……待って」

「何を待つんだ？」彼はいらだたしげに顔を振り向けた。

「ごめんなさい、でも私――」

「話はあとだ。それから、会見は僕が仕切る。君はにこにこ笑って、ときどき話にうなずいてくれればいい。できるね？」

タラは黙っていた。あまりにあっさりあしらわれた。たいした意見も言えないのだから、それも当然だろうか。彼についておとなしく階段を下りながら、これがベストなのだと、私がそばにいないほうがポピーは幸せなのだと、自分で納得しようとした。決定を左右する力は私にはない。ましてや、フェランボー伯爵に影響を与えることなどとてもできない。

幼児教育の専門家ではなく、不倫をした女として世間から認識されている叔母など、小さな女の子がそばにいてほしいと思うはずはない。

　ロビーに見えるたくさんの顔がくっきり焦点を結びはじめても、セックスの余韻がまだ残っているという事実が、タラを弱気にさせていた。彼との親密な関係は、細部まできっとみんなに知られている。タラと伯爵とが並んで現れたのを見れば、彼らのいちばん下世話な想像が、それだけで確信に変わったに違いない。都合のいい登場人物だと思われそうだ。

　リュシアンが何を言ってこようと、従う前によく考えてみるべきだった。彼と関係すればどうなるか、彼を愛すればどうなるかを考えてみるべきだった。だがもう遅いのだ。自分には何もできない。リュシアンがかかわれば、どんな不可能でも可能になる。タラの力で対抗するのは無理だ。これは地獄に落とされたようなもので、はっきりいって、タラにはもう健全な判断力も残されてはいなかった。

　階段を半分ほど下りたころだろうか、リュシアンが新たに指示をしてきた。

「君がどんな印象を持とうと、その感情は表に出さないでほしい。こんなふうに頼むのはポピーのためだ。そしてフェランボーの地で僕を支えてくれている者たち全員のためでもある。これ以上のスキャンダルは避けたいんだ」

　言葉を切り、目の上に手をすべらせる彼を見て、これも弟が死んだ悲しみからだろうと、タラは思った。彼に触れてなぐさめてあげたい。衝動が再びわき起こったが、危ういところで自分を抑えた。

「聞いているのかい、タラ？　今がどんな危機的状況か、わかっているね？」

　きつい言葉だけでは直面している現実を理解させられないと思ったのか、話しながら射るように見つめてくる。

「もちろん」マキシム家が嘲笑《ちょうしょう》の的になっているのは、タラも知っていた。すべては自分たち、悪名高いデヴェニッシュ姉妹のせいだ。そしてリュシアンには弟の死を悼む暇もなかったはず。どんな人にも悲しみにひたる時間は必要だというのに。

　並んで歩こうとすると、リュシアンが足を速めてタラから離れた。体から敵意をにじませ、ロビーの人ごみが割れた中へとずんずん歩いていく。ふと気づけばホテルの外にも大勢の人がいて、ふたりの姿をひと目見ようと、脚立に立ち上がっていた。

　それは見たいだろう。リュシアンは由緒正しい家柄の偉大な伯爵で、かたやタラは両親の顔も知らない哀れな娘だ。前代未聞のスキャンダル――きっとみんなそう言っている。リュシアンが堂々としている分、タラは隣でねずみのように小さくなった。それも言葉を持たないのろまなねずみだ。

　一秒ごとに顔の赤みが濃くなって、どんどん居心地が悪くなっていく。軽蔑のまなざしが向けられているのがわかる。何人かのひそひそ声まで聞こえてきた。あれが姉の夫と寝たデヴェニッシュ家の妹のほうだ。伯爵の小さな姪の世話をしているんだ。そのうちリュシアン・マキシムのほうで世話をするんじゃないか？　伯爵が彼女との縁を絶ってすっかり忘れてしまうまでどのくらいだろうね？

　身の置きどころのないタラが急ぎ足になるのとは対照的に、リュシアンは悠然と身がまえていた。知った顔を見つけると、そこここで立ち止まってあいさつなどしている。見ていて驚いたが、彼の淡いリンネルのスーツには皺《しわ》ひとつついておらず、その下のシャツも、さっきまで店にあったかのようにぱりっとしている。気品と、自信と、富豪らしい余裕に満ちあふれた彼はどこからどう見ても洗練されたフランスの伯爵で、髪の毛ひと筋の乱れもない外見からは、少し前に力強い行為にふけっていたことなどとても想像できない。

タラはといえば、顔は熱いし、みじめだし、完全に場違いな気分で後方に身をすくめ、彼の手が触れた体をいまだ意識しながら、あいさつを交わす彼を見つめていた。着ていたよそ行きの服が急にツーサイズ小さくなった。少なくともそんな実感があった。

まだいるねというようにリュシアンが視線を向けてくると、タラは軍人さながらに姿勢を正した。逃げるとでも思われたらしい。実際逃げてしまいたかった。彼が会見を開くのは家の名誉を回復するためで、タラの汚名返上のためではない。

彼ならやりとげるだろう。求められる役割はわかっていた。私は彼の奥の手だ。彼と接したことで目が開かれ、姪がフェランボー伯爵のもとでどんな暮らしを送れるのかを知って身を引く覚悟をした女。しかも、記者会見で彼のサポートをし、そののちには都合よく姿を消そうとしている女なのだ。

6

しかし、いくらリュシアンでもすべての問題を解決するのは不可能だ。タラは待たされている間に想像をめぐらせた。確かに、彼ならポピーを養女にすることはできる。でもそのあとは？　彼の場合、養育は他人の手にまかせるしかない。何か手を打たなくちゃ……何か言わなくちゃ……。

このときパパラッチがわっと押し寄せ、タラの眼前でカメラのフラッシュが炸裂《さくれつ》した。何も考えられず、感じるのは黒々とした恐怖ばかり。腕で顔を隠して防御の姿勢をとっていると、階段の最下段につまずきそうになった。支えてくれる手がなければ完全に転んでいた。すぐには気づかなかったが、誘導する力強い手はリュシアンのものだった。彼は記者会見のために用意してあった部屋へとタラを案内し、始める前に水でも飲むかときいてくれた。

「ありがとう……」マナーに関しては誰もリュシアンを非難できない。フェランボー伯爵の悪口など、誰が口に出せるだろう。

一段高くなった場所で、彼は自分の隣の椅子を引いてタラを座らせた。目の前には記者と自分たちとを隔てる長テーブル。なるほど、こうしてリュシアンのすぐ隣に座っていれば、傍目《はため》には彼がタラをコントロールしているように見える。そして、その印象はたぶん正しい。室内が早くも記者たちでうまりはじめる中、タラは小さくなって下を向き、不安を抱えながら、けれどおとなしく、次に起こることを待っていた。

リュシアンが立ち上がり、部屋は一瞬で静まり返った。進行役がいなくても、マイクさえなくても、彼の威厳は集まった者たちを圧倒した。彼は自信に満ちた微笑と落ち着いた物腰だけで、その場にいる全員の緊張を解き、飛んでくるさまざまな言語の質問によどみなく答えながら、なおもがっちりと主導権をつかんでいく。反論する機会なんてどこにもない。タラがそう思っていたとき、彼女にとっての究極の屈辱的会見を難なく締めくくったリュシアンが、同意を求めて顔を振り向けてきた。

「今日まで姪《めい》の世話をしてもらったのですから、ミズ・デヴェニッシュにはもちろん充分な礼をさせてもらいます。お金は幼児保育の仲介会社を立ち上げる資金にしていただく予定です」

気がつくとうなずいていた。記者たちの表情から、とても適切な判断だ、立派な態度だと思っているのが見てとれる。またしてもリュシアンはやりとげたのだ。そうよ、彼には感謝しなくちゃ。タラは聞き分けのいい子供のようにうなずいた。

「あなたの意見は、ミズ・デヴェニッシュ？」

「えっ？」注目されてタラは赤面した。考えごとに夢中になっていたため、リュシアンとは別の誰かが質問を発したと理解するまでに少し時間がかかった。

「あ、あの、質問をよく聞いていなくて……」

あきれたような声が聞こえ、やっぱりなという視線がいくつも交わされたあと、全国ネットのテレビ局の男性記者が先の質問を繰り返した。だがタラが答える間もなく、別の記者がこう質問を重ねてきた。

「お姉さんの子供が遠く離れた場所で暮らすんですよ。思うところはあるでしょう。姪御さんに二度と会えなくなるのを、不安に感じたりはしないんですか？」

「もちろん私は――」みぞおちに冷たい恐怖を感じたそのとき、リュシアンがタラの顔を凝視した。私はどうふるまうように言われていたかしら？〝うなずいてにこやかに笑う〟ああ、そうよ。糸を引っ張られた操り人形のように、ぐいっと顔を起こした。次は顔を下に向ければいい。うなずくときには優しい笑顔で、肩の力を抜きなさい。それから、みんなのように尊敬の念をこめて、何から何までよくしてくれる伯爵を見つめ返すの……。

「ミズ・デヴェニッシュ？」

とまどっているタラを見た記者たちは、しびれを切らして執拗《しつよう》に彼女の名を呼んだ。リュシアンはすぐにも騒ぎを静めそうな気配で、何か言うなら今しかチャンスはないとタラは気がついた。ポピーの成長を陰で見守るだけになるのがいやなら、さあ。

ぎこちなく席を立ったタラは、顔を真っ赤にしながら、スカートのウエストをもう少し緩めておくのだったと後悔した。部屋は熱気がすごくて、全員が彼女の言葉を待っている。自分の体がゆっくりとふくらむような、いつにもましてこっけいな姿に変わりつつあるような錯覚を覚えた。

中には平気で笑い声をあげる冷酷な記者もいて、口元を手でおおいながら何やらささやき合っている。彼らの瞳は残酷な色合いを帯びていた。女性はみなすらりとした体形だ。どうして？ どうやって戦ったらいいの？ 大勢に対して、私はひとり。リュシアンでさえ味方ではない。頼れる人は誰もいない。反論するなんて無理よ。いったいどこから始めればいいの？ まずは静かになるのを待ちなさい――心の声が助言した。

リュシアンのときとは違って、ざわついた雰囲気が落ち着くのにかなり時間がかかり、その間の一分一秒、タラは自分が笑われているのを絶えず意識させられた。だがふと気づいてみれば、状況は今以上に悪くなりようがないのだし、もうあとには引くまいと心を決めた。テーブルをぐっとつかんだ。力を入れすぎて指の関節が白くなった。

私は働いて自力でカレッジを卒業した。勉強を続けるための奨学金も授与された。学校のスタッフとして採用された。そんなことができたのなら、記者会見で話をすることもできるはずよ。ポピーの人生とかかわっていきたければ、やるしかない。リュシアンにまた会いたければ、こうするしかない。

「ありがとう、みなさん……」驚いた様子で誰もが口を閉ざしたのは、タラの澄んだ声のせいだったろう。意識的に力を抜いて、テーブルから手を離した。息を吸うのと同時におなかも引っこめ、あとの言葉を続けた。「みなさんには、私たちふたりにとってこのような場にいるのがどれほどの苦痛か、わかっていただけると思います」リュシアンを一瞥《いちべつ》したが、長々とは見ないように気をつけた。努力してようやく緊張が解けてきたのに、フェランボー伯爵が内包している神秘的な魅力のために、それを台なしにはできない。「愛する家族を失ったばかりで会見などつらいのですが、それでも伯爵様と私の共通の意見としてお話ししています。私たちの心配はポピーの将来だけです――」視界の隅に驚きの光景が映った。リュシアンがうなずいている。

「そのとおりだ」彼は低くつぶやいた。

その声でうっかり顔を向けてしまった。すると彼がかすかにうなずいた。方針に従ってくれて満足だよと伝えるようなしぐさだ。方針といっても彼の決めた方針だけれど。

「きれいな言い方ですね。具体的におっしゃってもらえますか？」記者のひとりが発言した。

女性記者の口調はとても冷ややかで、タラの胸はまた激しく打ちはじめた。今こそ決断のときなのだ。言うべきことを言うのか、このまま腰を下ろすのか。

「具体的にはまだ何も決まっていません。けれど、裁判所の正式な養子縁組の決定はまだですし……」あとの言葉にそなえて気持ちを引き締めた。「私は姪を連れて、伯爵様とフェランボーのお屋敷にうかがうつもりです」記者たちがいっせいに騒ぎ出した。永久におさまらないと思われた場の動揺がようやく静まったとき、タラはそれまでよりも冷静になっている自分に驚いた。生まれて初めて正しい発言ができたように思えた。「私たちの姪にとってどうするのがいちばんいいのか、それが決まるまで、私はフェランボーの地に滞在します」いっそう力強く宣言した。

着席したと同時に〝なぜですか？〟とか、〝本当なんですか、伯爵〟といった声が、あちこちから耳を聾《ろう》さんばかりに飛んできた。

答えるためにリュシアンが立ち上がった。

「本当の話なのか？ そうきいているのですね？」彼は手厳しい女性記者に向けて穏やかに言った。堂堂としながらも思案めいた様子の伯爵を前に、会場の期待感が高まった。「ミズ・デヴェニッシュはひとりでも充分発言のできる女性ですよ」

今のは聞き間違いでは？　自分の耳が信じられずにタラは彼を凝視した。どう理解すればいいかわからなかった。私の意見に同意しているの？　リュシアンが私を擁護している？　とにかく、屋敷に行くと聞かされてもあわてていないのは確かで、それはタラの想像をはるかに超えた喜びだった。

一歩前進したのだと思うといきおい体が反応し、ぞくぞくと震えが走った。ただし、不安に襲われるのも早かった。厳しい言葉があとに続くのでは？　個人的な意見は口にするなとはっきり言われていたのに、私はその指示にそむいてしまった。何か言おうとして彼が体を寄せてきたとき、タラはどきりとして最悪の事態を覚悟した。

「みんな君の話を待っているよ。まだ続きがあるんだろう？」

目元に浮かんだのは面白がっている表情なの？　タラはとりつかれたように呆然《ぼうぜん》と見返した。

「代わりに僕が話すかい？」彼はそっけなく言う。

もしかしたらとの思いが頭をよぎった。リュシアンはさっきの行動に驚いただけでなく、感心しているのでは？　彼の瞳に面白がるような光がまた見えて、二倍の速さで胸がどきどきしはじめた。口元が固く引き結ばれていなければ、二年前のリュシアンが戻ってきたと錯覚したかもしれない。

戻ってくるわけがないわ。分別を働かせて考えた。それより自分の足でしっかり立たなくては。実際にも、自分を奮い立たせて椅子から立った。今度は気分がよかった。強くなった気がした。

「おかしな決定だと思われるでしょう」いちばん影響力のありそうな記者を選び出し、彼らに向けて言葉を発した。「けれどわかっていただけるはずです。ポピーがこのフェランボーの地で幸せに暮らせることを、私は目で見て納得したいんです。姉が亡くなってから、ずっと赤ん坊の面倒をみてきました」言葉を切って気持ちを落ち着けた。今は感傷的になる場面ではない。「とても大事な子なんです」静かに言った。「フェランボー伯爵様にも、その点は理解していただいています」今度は意図的にリュシアンを見た。彼と見つめ合っていたせいで、タラは会場の賛同のつぶやきを聞き逃した。

「実際にどうするのですか？」明らかにタラをやりこめるつもりでいるらしい女性記者が質問した。

「ポピーは初めて伯父さんの家に行くわけですけれど、こちらでは彼女のそばに彼女の知っている人、信頼している人を置いてもらうようにします」

「伯爵は姪をかまってくれないと、そう非難されているわけですか？」先の女性が語気を強めた。

　タラは挑発を受け流した。「いいえ、もちろん違います」自分のことで、これまでどれだけの嘘《うそ》がささやかれ、信じられてきただろう。リュシアンを同じ目に合わせていいの？「伯爵様は世界中を飛びまわられる方ですし、何かと忙しいご用事がおありです。でもポピーはまだ小さいんです。ですから、伯爵様は今日までなかなか思うように姪の顔を見られなくて――」

「そうなんですか、伯爵？」女性記者が声をあげた。

　リュシアンは薄く微笑《ほほえ》んだ。「ミズ・デヴェニッシュの説明で、もれはありませんよ」

「ミズ・デヴェニッシュ？」女性記者は攻撃的だった。「ほかにおっしゃりたいことは？　伯爵と過ごした時間について、詳しく語りたくはありませんか？」品のないほのめかしで責めてくる。

　タラはにこやかな表情を保ちつづけた。ここでかっとなったり、飛びつかれそうなおいしい話をうっかり口にするわけにはいかない。破廉恥な記事が売りの三流紙によって、落ちこんだ売り上げの回復に利用されるのがおちだ。

「私からは以上です。ただ、これからは伯爵様も、姪の顔をもっと頻繁に見られるようになるとだけお話ししておきます」

今度はタラも質問の嵐《あらし》を静めることができず、予想どおり、ひときわ大きな声が中からあがった。

「本当なんですか、伯爵？　広報担当の説明は違ったように思いますが。姪御さんの養育はあなたが全面的に引き受ける。ミズ・デヴェニッシュにはひとりで、額面の大きな小切手だけを持ってイギリスに帰ってもらう。そうじゃなかったんですか？」

これには海千山千の記者たちでさえ言葉を失った。今の発言がタラへの恐ろしい中傷だとわかったからだ。リュシアンがどういう答えを返すのか、タラは身を固くして待った。

彼は考えこんだ表情でタラをじっと見据えた。

受け止めるのよ。目をそらしちゃだめ。リュシアンの表情には炎の熱さと氷の冷たさが同居していた。どちらが私に対して向けられたものなの？

彼が立ち上がると空気がいっそう冷たく張りつめ、ピンが落ちても聞こえそうな静寂の中で、彼は話しはじめた。「ミズ・デヴェニッシュは誰よりも正確に現状を説明してくれました。今述べられた決定事項に間違いはありません。仮に今とは違う話がどこかで伝えられているなら、その者は法廷で当方の弁護団ととことん争っていただくことになります」

会場が静まり返っているのは、今や別の意味合いからだった。誰だってくびにはなりたくない。働いている会社を世間が注目する名誉毀損《きそん》訴訟の被告にして損出を出させたりすればくびは必至だ。

タラはリュシアンに擁護してもらえたことが信じられなかった。彼は猛火には猛火で対抗した。いつもと変わらない優美な物腰だったが、その裏にある脅しに気づかない者はいなかっただろう。

「ほかに質問は？」そう言うと、ひと呼吸置いたとたんに先を続ける。「ではこれで会見を終わります。

いいかい？」最後はタラを見て言った。

今ほど彼が偉大に見えたことはなかった。リュシアンといると心強くて、さっきまであんなに怖いと感じていた記者たちが、まったくとるに足りない存在のように思えてきた。

「はい」タラは立ち上がった。

並んで退出し、背後でドアが閉まったとき、タラはそれまで見事に隠されていたリュシアンの緊張を感じとった。なにしろ、報道陣の前で隙《すき》のない会見をしていたはずが、いきなり不意打ちを食らったのだ。混雑したロビーで今、王族のはしくれを守るかのようにエスコートしてくれている彼だが、そのいかめしい表情は、追ってくるしつこい記者たちだけに向けられたものではなかった。

内気な少女が自分から発言するとはまさか思わず、彼は今ようやく理解しはじめている。ポピーの問題になると、タラが母性本能や女性特有のずる賢さを発揮すること。そして、姪に自分のような子供時代を送らせまいと、彼女がドラゴンをも恐れない強い覚悟をしていること。

「君はそこで待っていて」メジャーなテレビ局のレポーターがふいに現れると、リュシアンはそちらに気をとられた。

タラは示された椅子をじっと見た。邪魔にならないよう隅に寄せられている。もう陰に隠れるのはいやだった。あからさまに言うなら、ほしいのはポピー、それとリュシアンだ。けれど、彼はかわいい花嫁を探して旅をするおとぎ話の王子様とは違う。彼は社会のリーダーであり、誰かを探しているとすれば、それは信頼し合える仲間であって、言われた場所におとなしく座っているつまらない人間ではない。

リュシアンのそばにいたければ、努力することだ。ポピーを世話できなければ、できるように戦うことだ。でも、もしタラのほうに気骨があるかどうかの証明が必要だというなら、リュシアンにも優しい愛情があるところを見せてほしい。ポピーの前ではまずそれが基本だから。運命は自分たちに過去を修復する機会を与えてくれた。ポピーには幸せな未来を用意してくれた。自分に自信が持てないからといって、決めた道を引き返そうとは思わない。

と言うのは簡単だけれど、団子のような体では実行は大変だ。タラはあちこちにある金縁の鏡に映った自分の姿をちらっと見て、現実を素直に認識した。平凡そのものの容姿。肌は淡い黄色で、全体的に太りぎみ。赤みがかったブロンドを後ろでまとめているのが、いかにも上品に見せようとしている感じで痛々しい。無残な姿だった。そろそろ垢抜《あかぬ》けた女性を目指してもいい。他人の顔色を読んで従順にしていれば満足、といった考え方は改めていかなければ。

自分らしい生き方？　突然、物陰が恋しくなった。本当の私って？　タラ・デヴェニッシュの世界は、これからめまぐるしく変化していく。理想の自分への努力を続けるのは、思ったより大変そうだ。でも、きっとやれるわ。常に自分を見つめ、弱気な傾向に注意して、必要なら大胆に改めよう。

リュシアンの話が続いているうちにと、タラは子供部屋に引き返した。スイート・ルームの前に立って一時気持ちを落ち着ける。ここから先には絶対に弱気な自分を持ちこまない。子供部屋では感情を乱さず、リズやポピーを不安にさせるようなまねは絶対にしない。何を考えていても、どんな心配があっても、全部この胸だけにしまっておく。

深呼吸をひとつした。ドアをあけるとポピーがベッドでごきげんに喉を鳴らしているのがわかり、安心してすぐさま幸せな気持ちに包まれた。この先、つまずくことだってあるかもしれない。でもポピーの人生だけはなんとしても守ってみせるわ。

階下でのことをリズに話してから、一緒に荷造りにとりかかった。「ねえ、メイク道具は持ってきている？」荷造りが終わるころにきいてみた。

「メイク道具？」リズが顔を向ける。

タラは着心地重視の下着をたたんでいる手を止めた。妙な質問に聞こえたらしい。でも、もう少し自信に満ちた顔で世間に向き合えば、まわりの扱いも――リュシアンの扱いだって違ってくる気がする。とにかく、ここは一度やってみよう。

タラがメイクするなんていつ以来？　リズの驚いた顔がそう言っている。

「マスカラとか、チークとか、リップグロスとか」期待をこめてたずねた。ベビーパウダーだけの化粧がそれでいくらかましになるはずだ。

「敏感肌用でいいかしら？」

「完璧《かんぺき》よ」さあ実験の始まり。見られない顔になってもどうってことないわ。顔を洗えばすむ話よ。

7

攻撃を正面から受け止めるタラの勇気には感心したが、急に消えたのはどうしてなのか。彼女を捜して二階に向かっている最中につき上げてくるこの思いはいらだちか、それとも欲望なのか？

会見の間、リュシアンは椅子に浅く腰かけたまま、必要とあらばすぐにも立ち上がってタラを助けるつもりでいた。結局、出番はなかった。彼女は一から十まで落ち着いて対処していた。せっかく白馬の騎士になって助けてやろうとしたのに、必要とはされなかった。あのときは驚いたが、タラに関しては自分が間違った傲慢《ごうまん》な思いこみをしていたのかもしれないと、今では思えるようになっている。せめて、さっきの成功をおめでとうと祝ってやるべきだろう。確かに意表をつかれはした。だが、スイート・ルームに続く廊下へと曲がるころには、もう驚かされることもあるまいと確信していた。

ところが違った。

一度のノックでドアが開き、タラが落ち着いた声で言った。「どうぞ入って、リュシアン」

意外な点はそこだけにとどまらなかった。彼女は髪を下ろしてすっかりくつろいでいる。

「タラ……」顔つきでこちらの動揺は伝わっているはずだが、相変わらず冷静な態度をくずさない。

「お座りになったら？」リュシアンが目を見開いていても気づかぬふりだ。「もうすぐ終わるから」踵《きびす》を返そうとしたが、見つめられてさすがに気になったらしい。「どうかした？」階下で見たのと変わらない落ち着きぶりで、ただし、今はそこに薄く不安の膜がかかっている。

「雰囲気が違うな」本当は違うなどというレベルではなかった。下ろした髪が、赤みがかった金色の気まぐれな雲となって肩のまわりに遊んでいる。少し化粧もしたようだ。派手なものではないし、あまりうまくもなかったが、ターコイズ・ブルーの目が黒く縁どられ、唇もグロスでつやめいている。

「違うというのは、いいほうに？」

なるほど、不安の正体はそれだったか。「いいほうにだ」リュシアンはうなずいた。彼女が肩の力を抜いたときには、かわいらしさに圧倒された。もしかすると、自分は今の今まで彼女のことを表面的にしか見ていなかったのかもしれない。

ほっとしたのだろう、憂いを含んだ表情に小さな笑みをのぞかせた。

「ミルクとげっぷと睡眠不足の国へようこそ、リュシアン」

笑ってしまってからはっとした。僕はいったい何をしているんだ。

ベビー服を腕一杯に抱えてばたばたと通るリズを見て脇《わき》によけた。あれやこれやで、気づけばまわりは荷造りと出発前のせわしなさであふれている。

「手伝おうか？」タラがベビー用品のつまった箱をテーブルに置くのを見て、声をかけた。

「階下《した》に運んでもらえたら助かるわ。でも、あなたはスタッフを呼ぶほうがいいのかしら？」

内面が明らかに変わっていた。「こっちに貸してごらん」記者会見がいい刺激になったのだろうとリュシアンは思った。

「ありがとう」視線を受け止める笑みが優しい。

「会見で助けてくれたことも感謝しています」

「僕に言わせれば、君は誰の力も借りずにひとりで立派に対処していたよ」

「だとしても、あなたの支えはうれしかったわ」

「弱いものいじめはきらいでね。あの女性記者は君を故意にたたいていた」率直に言った。

一時視線がからみ合い、タラがすっと顔をそらした。何を考えているかは想像がついた。リュシアン自身も、同じ思いを下腹部で体感していたのだ。

「感謝される覚えはないな」体が張りつめていく。

「誰かが君にけんかを仕掛けてくれれば、黙って見ているわけにもいかないさ」

「自分じゃない誰かがってことね？」彼女はそれとなく皮肉を言った。

何かが起こりはじめていた。彼女が自信を深めてきたせいだろうが、そのために事態が加速していた。悪くないとリュシアンは思った。タラの持つ静かな力が、小さな町を丸ごと照らせるくらいの電気的な火花をふたりの間に発生させている。しかし、心地よくおぼれてはいられない。彼女がスイッチをオンにできるなら、同じくらいすばやく、自分はスイッチをオフにできる。リュシアンはともに考えるべき問題に話を向けた。

「ともかく、君が肩の荷を下ろしていいのは確かだ。今日まで君はひとりで、ギイの子供を責任持って世話してくれた。それについては感謝を――」

「ポピーは私の姉の子でもあるわ」

「むろんそうだ」この問題については、どうにかして理づめで納得させたかった。「だが、君だってポピーが僕のもとで安定した幸せな暮らしが送れるという事実を否定はしな――」

「本当にそうかしら？」

「これ以上望みようはないと思うが」

「女性がいたほうが便利でしょう」

盾ついてくるとは意外だった。記者会見で発言するまでのタラがあまりに内気すぎたため、今でも従順さを期待してしまう。彼女については即刻考え方を修正すべきだろう。それも大幅に。だが、逆に間違った期待をされても困る。相手のためを思うなら、ときには冷酷さも必要だ。

「妻をもらうまで、あの子には金で雇える最良の子守《ナニー》りをつけるよ」

彼女の視線が揺らぐのが見えたが、口調は落ち着いていた。「お金で愛情は買えないわ」

リュシアンは心を鬼にした。「陳腐だな。愛情に金はつきものだと僕は経験で知っている」

「あなたってかわいそうな人ね、リュシアン」

「同情には及ばない」なぜ僕がこんな思いをしなければならないのか。

空気が重くよどんだ。

「荷造りが終わったら、僕が運ぼう」彼女に背を向け、あいた窓の前まで移動した。嵐《あらし》はおさまり、湿っぽい空に筋状の雲が広がっている。リュシアンの心にはまだ嵐があった。暗い気分で神経が張りつめていた。忘れるな、ギイはもう生き返らない。だが、タラについては対処のしようがある。「用意ができしだい出発だ」振り返らずに言った。

彼女が部屋を出ていくと、とたんにものさびしさを感じた。彼自身があまり目を向けたくないと思っている固い心のパーツを、タラは持ち前の才能で巧みに解きほぐしてしまう。ありがた迷惑な話だ。

「準備ができたわ」しばらくしてタラが言った。

「よし。じゃあリムジンを呼ぶよ」

「あなたはどうするの？」

「僕も一緒だ」彼女には予想外だったらしい。

「あなたの車は？」

「誰かに乗って帰らせるさ」

タラは将来への不安を感じている。だが、値踏みされているのを感じると、彼女はぐいと顔を上げて口元を引き締めた。

「そう」穏やかに言う。

リュシアンの心にふと疑問がわいた。自分はなぜ彼女を大事な拠点に連れていこうとしているのか。フェランボーは国家的にも重要な中世の一都市だが、彼にとってはそれ以上の意味を持つ――自分の家だ。

本当にタラを連れていきたいのか？　使用人に、地元の住民に紹介したいのか？　彼女が真に常識的で心根の優しい女性なら、なぜ実の姉を手ひどく裏切ったりした？　フライアはお世辞にも完璧《かんぺき》とはいえない女性だったが、だからといって理由もなく妹の名に泥をぬり、彼女からまともな生活を送るチャンスを奪ったりするだろうか。真実は新聞の報道どおりなのか？　タラはギイに、というよりギイの預金残高に耐えがたい魅力を感じたのか？

疑問がふくれ上がる中、リュシアンはわが身に問いかけた。もしかして、おまえは生まれて初めて他人に体よく丸めこまれたんじゃないのか？「外で待っている」無愛想に言った。

ポピーとリズが広々としたリムジンの後部座席に

落ち着いたのを見て、タラは自分も座席についた。リュシアンの住まいに向かうのだと思うと、興奮と不安とが一度に押し寄せてきた。記者会見でポピーのために主張したり、性格を変えようと決意したりするのと、ライオンのすみかに足を踏み入れるのとではわけが違う。いったいどんな住まいかと想像してみても、頭には何も浮かばなかった。彼は何枚も謎《なぞ》のベールをまとっていて、秘密にしている部分が多すぎるのだ。

　加えて、タラ自身、中世の城をあまり見たことがなくて、想像しようにも限界があった。はっきりいうと、城をじかに見るのはこれが初めてだ。無理やり考えて思いつくものといえば、見上げるような灰色の石壁、いかめしい内装、壁から悲しげに見下ろすいくつもの動物の頭部。でも大事なのは……彼の手配したポピーの受け入れ準備に不足がないのを確認すること。心配すべきことがらはたったひとつ。その城が小さな女の子の暮らす場所としてふさわしいかどうかだ。

　たったひとつ？

　リュシアンが視界に入ると、タラは喉がからからになった。ばかなことを考えないの。彼が前の席、つまり、運転手がドアを支えている助手席のほうに向かっているとわかったときにはほっとした。後部にはポピー用に特別なチャイルド・シートがとりつけられていて、赤ん坊は今、後ろの席でまどろんでいる。その隣に座っているのがリズだ。

　ふたりの邪魔にならないよう、タラは車体の長いリムジンでひとつ前の席を選んだ。これは正解だった。品よく見せようと頑張ってきたが、疲れてしまってどうも服がきつい。スカートのジッパーを下げてふうと息をついた。ウエストを引き上げ、この日初めて心の底から安堵《あんど》のため息をついた。

　力を抜こうとした矢先、いきなりドアがあいてリユシアンが隣に座った。「どうしてここに？」突然のことでタラは身がまえた。

「自分の車に乗って責められるのか？」彼はタラの太腿にちらと明確な視線を投げてから、前のめりになってガラスをたたいた。出発を促す合図だ。

完璧な日の締めくくりにはふさわしい、完璧な終わり方だわ。タラは思った。リュシアンはいつもどおりの優雅さで、対する私はみっともなくスカートを引き上げている。

「待たせてすまなかった」また腿に視線を落とす。「楽にしてくれているようでよかったよ」

「ええ」ぶざまにごそごそと服をなおした。

「手伝おうか？」

「いえ、おかまいなく……。何をするの？」自分のほうにせまってくる彼を見て声をあげた。

「シートベルトを締めないと」

彼が振り向いたとき、ふたりの顔は異常に接近していた。タラは息をつめた。震えながら息を吐いたのは、彼の体が離れたときだった。

急なカーブが連続する険しい山道ではフェランボーの城郭都市を見つけるのが困難で、町を確認できたのはもう頂上に着こうかというころだった。リムジンの着色ガラスを通して外の暮色に目をこらすと、霞《かすみ》をついてそびえる何かが見えた。

「あれがお城？」冷静でいようという決意も忘れてタラは興奮の声をあげていた。並んだ細身の塔がぼんやりと見え、塔の先端にはそれぞれアイスのコーンを逆さにしたような屋根がついている。赤褐色の瓦《かわら》が紫の空を背景にかすかに赤く輝いていた。まるでシンデレラ城……といっても予想どおり、おとぎの国の城は高い城壁で完全に守られていたけれど。

「僕の家だ。気に入ったかい？」

気に入ったかですって？　大きな丘の頂に広大な面積を占める城郭都市。その中央には荒くけずられた宝石のような城が鎮座している。気に入るも何も、とてもすてきだ。ただし、リュシアンに似て、隠れた秘密もたくさんありそうな気がした。

「実際にお城の中に住んでいるの？」顔を向けて問いかけた。

「ああ」

　魅力的な暗い瞳の作り出す表情が、タラの体をさっとほてらせた。「すてきでしょうね」口元だけは見ないよう懸命に意識をよそに向けた。

「すばらしいよ」その言い方からして、心の中はお見通しらしい。

　どう頑張っても視線は彼へと戻っていく。幸いにも、彼は窓の外を眺めていた。リュシアンとフェランボー、どちらからも同じように不思議な魅力と恐ろしさとを感じる。

　木造の橋が近づいてきてリムジンが減速した。下は光に照らされた空堀だった。見上げるようなアーチ状の入口をがたがたとくぐると、車は一瞬、真っ暗な闇《やみ》に包まれた。時をさかのぼっていく感覚。実際、タラは車が進んだ分だけリュシアンの領土の奥深くへと踏みこんでいるのだ。

　彼の影響力も強くなるの？　タラはひそかに身を震わせた。どんな決意をしていようと自分はまだ二十歳。人生についても男性についても経験はないに等しい。かたやリュシアンは偉い伯爵様で、膨大な権力を持ち、自由にできる財産がふんだんにある年上の男性だ。太刀打ちできるはずないわ。

　それに、恥ずかしいイメージが頭に浮かぶたびに、この体はいちいち反応する。今みたいに彼のすぐ隣で夢見心地になっていなくても、巧妙な誘いに自分が嬉々《きき》として応じていたことはたやすく思い出すし、いけない想像を何度もしていると、結局自分はフライアの用意した人生を生きるよう運命づけられているのではないかと不安になってくる。

タラは誇り高いリュシアンの横顔を盗み見た。自分で家と呼ぶその堅牢《けんろう》な町に似て、彼には時代を超越した野性的な力強さがある。そんな彼にタラは強く惹《ひ》かれていた。リュシアンは彼自身の支配するごつごつとした険しい土地に、少しの違和感もなく溶けこんでいる。振り向いてほしい。そうは思うけれど、彼の心を手に入れられないのはわかっていた。かといって、相手が誰であれ愛人になる気はさらさらない。タラは表情を引き締めた。うまく乗り越えられる方法を見つけなければ……。

　ぼんやり外を眺めていたそのとき、ふと目についたのは、気をまぎらすのにうってつけの光景だった。鮮やかな万国旗がいたるところに飾られていて、フェランボーもそう悪い場所ではないと教えている。

「何かお祝いごとがあるの？」

「あるとも。フェランボーの住人みんなが、ポピーをお帰りと迎えているんだ」

　当然ね。心が暗く沈んだ。タラ自身はもうすぐポピーと引き離されて、たぶん二度と会えなくなるのだと思うと、心穏やかではいられなかった。

　リュシアンの住居がいくら丘に立つおとぎ話の城にそっくりでも、そこは私の居場所じゃない。自分に言い聞かせているうちにも、リムジンは金ぴかの門をゆっくりと抜け、玉石を敷きつめた広い庭へと入っていった。停車したのは、端から端まで距離のある立派な石段の下だった。いやでも想像力がフル回転して、上品なパーティの招待客たちが車から降りてくる様子が目に浮かんだ。女性たちは色とりどりのシルクやサテンをまとい、隣でエスコートするのは背の高い優雅な男性たち……。

「タラ？」リュシアンが小声で言い、運転手がドアをあけて待っていることをタラに気づかせた。

　タラはうわの空だったのをごまかしながら、少しは優雅に降りようとした。やっぱりだめ。幸い、頭の回転の速さに劣らないすばらしい反射神経を持つリュシアンが、さっと手を差し出した。「すごいところね」ぎこちなく言って体勢を立てなおし、生まれて初めて見る城の堂々たる外観を見上げた。

彼はタラをしっかり立たせてから肩をすくめた。

「それで、ポピーの新しい家の印象は？」

さっと体が緊張し、タラは本能的にポピーのそばに寄った。「あとは私が」リズに声をかけた。リュシアンに言われなくても、ポピーと過ごせる時間がかぎられていて、貴重な一分一秒が砂時計の砂のように指の間からこぼれているのはわかっている。

リズからポピーを受けとると、おもむろに一回転して周囲の様子を確かめた。こういう環境に生まれ育った人でなければ、リュシアンが単純に家と呼ぶこの城の、この途方もない広大さに慣れるのはまず不可能だ。庭の果ては見えないし、威圧感のある城壁の上部には鋸《のこぎり》のような凹凸がある。何世紀も昔には、射手たちがあそこを巡回していたのだろう。姉と自分が育った養護施設とは雲泥の差だ。

「中に入ろうか？」

圧倒されていたタラは、まだ石造りの噴水に見入っていた。複数の荒馬の口からきらきらと水が吹き上がり、馬の背にはそれぞれ強靭《きょうじん》な石の戦士がまたがっている。リュシアンが小首をかしげて声をかけてきても、彼女はすぐに反応できなかった。

「誰か特定のモデルがいたのかしら？」考えたままが声に出ていた。

「僕はそこまで古い人間じゃない」

見つめられると、不安とほてりが体中に広がった。彼の言動に体が過敏に反応するため、視線の意味に気づかないふりをしたくてもできない。

「中に入るかい？」

タラは両開きの扉を見上げた。古色を帯びたオーク材の扉は攻撃にも充分耐えられそうな厚みがあり、どちら側にも鉄鋲《びょう》が打たれている。これだけ頑丈だと軍隊でも食い止めそうだ。そう、入りたくても誰もがここではばまれるのよ。タラは身震いしながらうなずき、リュシアンのあとに従った。

ポピーを守るように抱き締めて、すべすべの額にキスをした。意地でも信じるしかなかった。仮にも裁判所なら、イギリスの質素な賃貸アパートを単純にここと比べたりはしないと。小さな住まいでもタラは誇りを持っている。しかし、伯爵の高貴な姪《めい》にはふさわしくないと判断されたらとの不安に、今は確かな根拠が加わった形だ。

「ポピーを抱いたままで石段を上れるかい？」

「平気よ」身がまえた口調になった。「これがあなたの新しい家よ」ポピーに小さく話しかけて石段の上を見上げた。「すてきでしょう？」

事実、目の前の城はすばらしかった。古い石組みが月の光で銀色に輝いている。雨上がりで空気もすがすがしい。湿気を含んだ地面からは、かぐわしい土のにおいが立ち上っている。そしてタラは早くも現実を悟りはじめていた。リュシアンの堅固な灰色の家の魅力には、いくら抵抗しようとしても無理だ。彼の魅力に逆らえないのと同じで、私は見た瞬間からフェランボー城の魔法にかかってしまっている。

でも、この城に愛着を持つチャンスは、私には決して与えられないんだわ。階段を上りながら冷静に考えた。だから今後はポピーの住まいとしてどうかという点に意識を集中させなくては。

常識的判断に従おうとしていると、リュシアンに腕をつかまれた。転ばないように気づかってくれているだけだとわかっても、触れられると体に電流が走った。感謝の気持ちを笑顔で伝えたタラだったが、扉が両側に開かれると、お仕着せを着た使用人がずらりと並んでいるのが見えて、ああそうかと認識させられた。試練はまだまだ始まったばかりだ。

8

ポピーにとって、リュシアンの城は、ギイがフライアのために買った派手なペントハウスよりはるかにいい環境だ。今はこの事実だけに集中しようと、勇気が一度にしぼむのを感じながらタラは思った。

使用人はひとり残らずタラのほうに顔を向けていた。最初は気づかなかったが、彼らは腕に抱いた赤ん坊を見るときはもちろん、タラにもにこやかに微《ほほ》笑《え》みかけている。広い城だとはいえ、温かい色合いのタペストリーをかけ、巨大サイズのラグを敷けば、大理石を用いたホールにも少しは居心地のよさを演出できそうだ。広くても手入れしだいでちゃんとした我が家になるというのが、タラの第一印象だった。庭だってある。それが公園ほどに広いのはご愛《あい》嬌《きょう》だ。ペントハウスは床がすべりやすいうえに、ポピーが遊べるような庭もなかった。なのにフライアは言っていたものだ。パーティには最適よ、と。

「スタッフに紹介するよ」リュシアンがそっとささやきかけた。「終わったら、なるべく早くポピーを部屋に落ち着かせてやってくれ」

「そうね」タラは眉間《みけん》に皺《しわ》を寄せた。やけにことを急いでいる感じだ。でも、あまり厳しい目で見てはいけないと、きつく自分に言い聞かせた。彼なりの気づかいだ。疲れていると知っての配慮だろう。彼にとっても、今日は大変な一日だったのだから。

ポピーのぷよぷよした頬や、薔薇《ばら》のつぼみを思わせる濃いピンクのかわいらしい唇がみんなに見えるよう抱き方を工夫しながら、リュシアンのあとについて立派なホールへと足を踏み入れた。

大理石の床は黒と白のチェック模様だった。そしてクリーム色にピンクの縞《しま》、金の装飾のついた大理石の柱が、はるか頭上の丸天井に向かって何本も伸びている。周囲はしんと静まり返っていて、荘厳な雰囲気さえ感じられた。こんな場所に立つのは初めてだ。タラは驚きにのまれていた。もちろん、本でなら似たような場所を見たことはあった。天井の凝った壁画など、システィナ礼拝堂から切りとってきたかのようだ。修復されたばかりなのだろう、どの色も鮮やかだ。アクアマリン、コバルトブルー、アイボリー、淡いローズ色にピンク……。

「僕が抱こうか？」リュシアンが言った。

あんぐりと口をあけて天井を見ていたタラは、あわてて気を引き締めた。「いえ、大丈夫」彼が赤ん坊をとりあげるそぶりを見せたので、自然とポピーを抱く手に力が入った。

「じゃ、君をスタッフに紹介するよ」

一転して精神を集中し、全員の名前を覚えようとしたのだが、ともかく人数が多すぎて、結局頭が追いつかなかった。使用人の列はホールのいちばん端まで続いている。

大きな城を管理するには、これだけの人が必要なんだわ。あとでひとりずつ個人的に話をしようとタラは思った。ちゃんと自己紹介したいし、彼らの人となりも知りたい。ポピーを世話してくれる人たちなのだから、不安は残したくなかった。

紹介が終わると、リュシアンはタラたちを連れて広い大きな階段へと進んだ。

「今度こそ僕が抱こう。こういう大理石の階段は、慣れていないと危険だからね」

見上げてみれば相当な高さだった。彼の言うとおりだ。ポピーに関しては、どんな小さな危険もおかせない。そう判断して大切な赤ん坊を彼に預けた。

上っていく一行の頭上には、怖い顔の先祖たちがずらりと並んでいた。二階まで来ると、髪の白い、地味な制服に身を包んだ年配の女性がひとり、タラたちを待っていた。家政婦だという。優しそうな人だわと、タラは好感を持った。

「彼女たちの飲みものは用意できているかい？」パネル張りの廊下を進む前に、リュシアンがたずねた。

「はい、旦那様《だんなさま》」家政婦は膝を曲げておじぎをした。「すべて整っております」言ってから、柔和でほっとする笑顔をタラに向けてくれる。

たとえリュシアンの高貴な身分を忘れかけていたとしても、ここでなら絶対に思い出すわね。笑みを返しながら心の中で苦笑いした。

「ここが子供部屋だ」リュシアンはポピーをタラの手に戻すと、重い木のドアをあけた。一歩下がって、先に入るようタラを促す。「気に入ってもらえればいいが……」

気に入るかですって？　タラは目を丸くした。ほかにもいくつかドアが見えるから、ここはただの居間なのだろう。明るさに誘われるように奥へと進むと、赤ん坊の生活に必要なおよそすべてのものがそこにはそろっているようだった。まだあけられていない箱もある。しかも、すべてが一流の店からとりよせたものだ。理想の部屋だった。

ローズピンクとアイボリーを基調にした内装。落ち着く広さだが決して狭くはない。美しく磨かれた木の床にはふかふかの絨毯《じゅうたん》が敷かれていた。座り心地のよさそうなソファに、たくさんの本棚。子供用に配慮された家具のいくつかは、まだ運搬時の保護に使われたらしいカバーがかかったままだったが、それでも使い勝手のよさは見てとれた。

「すばらしいわ」興奮して叫んだ。

「まだ完全じゃない。必要な品は全部準備したつもりだが、足りないものがあれば――」

タラは笑顔でかぶりを振った。「そのときはお知らせします」幸せな気分で答えた。行き届いた配慮に感動していたこの瞬間、なぜだろう、タラは彼の瞳を見てぞくりとした。完璧《かんぺき》だと思えたところに穴を見つけたような、そんな感覚だった。

「本当は子守り《ナニー》を待って、使いやすいよう当人から直接スタッフに指示させようかと思っていたんだ」

口調が少しこわばっている。私を邪魔だと思っているの？　それとも、単に彼の育ちのせい？　お城のような贅沢《ぜいたく》な環境で育てば、孤児院育ちの人間とは、おのずと考え方も違ってくるのだろうと想像はつく。だが、やるべきことはやろうと張りきっているタラの気持ちもわかってほしかった。

「でも、今は私がいるの。だから、あなたは何も心配しないで」

うむ、と答えるリュシアンは、とても納得したようには見えなかった。

彼はリズを見て言った。「滞在している間は、こっちが君の部屋になる」説明しながら、部屋を横切って別のドアをあけた。

リズのうれしげなきゃっという声を聞いて、タラは口元を緩めた。彼女を責めてはかわいそうだ。それくらいかわいらしい内装で、カーテンはギンガムチェック、クリーム色のレースでおおわれたベッドには、コーラルピンクのビロードのクッションが並んでいる。

「インテリア・デザイナーに頼んでやらせた。満足してもらえるかな」リュシアンが言った。

「あとは、くずかごと鏡があれば完璧――」彼の顔を見て、しまったと思った。ときには自分の理屈っぽさにふたをすることも覚えないと。「ごめんなさい。別に私――」

「必要なものはリズが自分で見つけるだろう。箱のどれかを探せば入っている」

またしても邪魔者扱いされている気がした。「大丈夫」疲れているのを察してリズに声をかけた。

「私も手伝うわ。すぐに終わるわよ」タラはリュシアンを安心させようと顔を戻した。

彼の口元がぴくりと動き、先ほどのいやな感覚が重い圧迫感をともなって戻ってきた。これも疲れのせいと自分を納得させ、タラはリズの興奮に無理やりテンションを合わせた。美しくて配色にも注意の行き届いた部屋だった。白く塗られたオーク材の床、そこに毛足の長い絨毯が敷かれている。かわいい備品がたくさんあって、これなら店を開けるわねと笑いながらリズと話した。雑誌の写真を再現したような部屋だった。そう考えるのも、まんざら誤りではなかった。リズの寝室は、生活する部屋というより、むしろ芝居のセットに近かったのだから。

そんな考えは胸にとどめ、次いできれいなピンクの大理石が使われたバスルームを見てまわった。リズとふたりで息をのんだのは、ポピーの部屋に案内されたときだった。

一段高い場所にふかふかの絨毯が敷かれ、白いベビーベッドが据えられている。ベッドの天蓋《てんがい》からは、白いレースが優雅な襞《ひだ》を作りながらステップの下まで伸び、その途中にサテンを使ったピンクのリボン飾りがついているのが見える。タラはリズと目を見交わした。すばらしいが、これを準備したのは明らかに育児とは無縁の人だ。これでは赤ん坊を抱いてステップを下りる際、布を踏んで転びかねない。

でもいいわ、とタラは思った。すぐにもリズと模様替えをしましょう。きれいなレースは邪魔にならない場所を探して飾り、それ自体は気に入っていることをリュシアンにわかってもらえばいい。おもちゃや本を片づけられる棚がたくさんあるのはありがたかった。成長したときを想定して、いろんな楽器まで用意してある。質素な私の部屋のふたつ分はありそう。考えてタラはおかしかった。こういう部屋ならポピーも幸せに暮らせるはず。

私だってきっと幸せに暮らせるわ。

浮かんだ考えをあわてて振り払った。タラがここに来たのは、ポピーの受け入れ体制が万全か自分の目で確認するため。それだけだ。でも……。

「お茶を飲んだらどうだ」リュシアンがぶっきらぼうに言った。「次に行くのは――」

「次？」ここでもぞくりと体が震えた。今度は最大レベルの警戒心が一緒だった。いや、リュシアンとしてはいろいろ手間をかけさせられて、その割には反応がにぶいと感じているのだろう。自分の部屋に案内されるときは、もっとましな反応を期待されそうだ。「大事なのはポピーをきれいにして、おなかを満たして、ここに落ち着かせることよ。そのあとはリズと荷ほどきをするわ。もう私たちだけで大丈夫。私の寝室には、誰かが連れていってくれるでしょうし……」それきり黙った。

リュシアンは身を固くするばかりか、今度は怖い顔になっている。何？　私が何をしたというの？

彼はタラを見据えて眉間に皺を寄せた。「今日は朝から大変だったろう」

「あなただって。それとリズも」

リュシアンはドアのほうに体を向けた。「デスクに内線電話がある。用意ができたら知らせてくれ。そうしたら君を車で運んでもらう」

このときのタラはまだ笑顔だった。「車？」

「門番小屋《ゲートハウス》にね。なんなら今から出て、お茶はむこうで飲んでもいい。リズの手伝いには人をよこそう。彼女はひとりでなんでもできそうだ」

きっと耳がどうかしているんだわ。タラは良識を働かせて不安を静めようとした。「仕事はたくさんあるの。リズひとりだと大変よ」

「手伝いをよこすと言ったろう」

リュシアンはいらだっている。よく聞いていなかったタラが悪いのだ。ゲートハウスがどうとか言っていなかった？「私は別の場所に行くの？」

「ポピーはリズにまかせたらどうだ？」

ふと気づくと、リズが少し離れた場所にいて、家政婦が静かにお茶を注いでいる。映画の一場面を見ているようだった。ただし、私は登場人物には入っていない。考えると混乱して喉が締めつけられた。でも騒いではいけない。ポピーの前では絶対に。

「ポピーをお風呂に入れてくれる？」声の震えを極力抑えて、ポピーをリズの手にわたした。「それから、あなたも何か口に入れるようにしてね」

「ええ」リズは不安げにリュシアンを見やった。

家政婦が口を開いた。「マドモアゼル、若いお友達は、私がお世話してさしあげますよ」

「ありがとう……」これで私の仕事はなくなった。タラは、ポピーを連れて部屋を出る彼女たちを見送った。とまどいと不安が胸に残った。「リュシアン、どういうことなの？」

「ポピーは僕の姪《めい》だ。家族だ。だからあの子は城で僕と暮らす。君が泊まる場所も車ですぐの――」

「私をポピーから引き離すの？」

リュシアンはいらだたしげに足を踏み変えた。

「そう感情的になられても困る。今言ったように、車で行けばほんの少しの距離で――」

「ポピーとリズが一緒でなければ、私はどこにも行かないわ。ポピーからすれば、あなたは見ず知らずの人間よ」リュシアンの眉がさっと上がったが、タラは引かずに見返した。状況は不利かもしれない。それでも、リズとポピーを守らなければ。

「常識に照らしても、君は――」

「常識？」声が大きくなった。「ホテルでのあなたは、そんなに社会のルールを重視しているふうには見えなかったけど」冷ややかに言い放った。

「変にことをややこしくしないでくれ」

これほど険しくて冷たい表情のリュシアンを見る

のは初めてだった。彼の心は決まっている――決まっていたのだ。たぶん、かなり以前から。

「フェランボーにいる間は、好きなときにポピーに会える」

タラは反感の塊になっていた。「ただし、あなたにおうかがいをたててから、でしょう？」

「僕を呼んでくれれば――」

「あなたがいなかったら？」もう声の震えは止められなかった。あまりに唐突だ。ポピーを置いていけるはずはない。リュシアンがポピーを正当に扱ってくれるかどうかもわからない。彼は忙しいし、もしリズが使用人の大勢いる広い古城でとまどって孤立したとしても、それに気づいてくれるかどうか。

「タラ」彼はタラの顔を見つめながら、きつい口調で言った。「大人になるんだ――」

「大人に？　それは邪魔するなという意味かしら？」感情が先走って声がうわずった。

爆発する感情に、リュシアンは沈黙で答えた。

「なぜこんな仕打ちをするの？　私がいったい何をしたの？」ポピーのそばに残るため、最後の望みをかけて、どうにか彼の心に訴えかけようとした。

「私を責めてもギイは戻ってこないわ」

「弟の話はするな」

「どうして？　私には資格がないとでも？」威嚇してくる視線をタラは無視した。「彼のことが大好きだったんでしょう？　あなたは認めたくないみたいだけど」威圧的に間をつめられたが、あとには引かなかった。「ギイはあなたを必要としていた」

リュシアンは恐ろしい形相で目をつり上げた。

「君に何がわかる？　それより、なぜ今僕にそんな話をさせようとするんだ？」

「あなたに何かを感じてほしいから……」唇を固く引き結んだ。だが、なんの成果も得られそうになく、悔しさのままに声を荒らげた。「ひどい人、心がないのね。自分で自分を苦しめているのがわからないの？」かぶりを振って哀れむように彼を見た。「さっき、私に何がわかるかときいたわね？」沈黙に勢いを得て先を続けた。「知っているわ。あなたの弟と私の姉はドラッグを常用していた――」

「検視でそれは周知の事実になっている」

タラは彼が黙るのを待った。「ギイとフライアが友人だと言っていた仲間は悪ばかりだった。屋敷には売人がしょっちゅう出入りしていた。まだ続けたほうがいい？　ギイの財産がどうなったか、あなたは知っているかしら？」

「まあね」

「知っていたの？」タラには衝撃だった。

「むろん最初は知らなかった。ギイが興味を示さなかった事業や地域の立てなおしに忙しくて、家庭のことには目が向かなかった。気づいたのはギイが死んで貪欲《どんよく》なはげたかどもが群れてきたときだ」

「だけどギイの弱さには気づいていたんじゃ――」

「彼のことは君のほうが詳しいだろう」悪意のある言葉を投げつけてくる。

「私が彼と関係したとまだ信じているの？」情けなさに低く笑い、あきれてかぶりを振った。

「否定するのか？」

「あたりまえだわ。純粋に現実を見ても、ドラッグに蝕《むしば》まれた彼に、そういう意思があったとは思えない。中毒になった人間を見たことがある？　体をかきむしって、じっとり汗をかいて、ただうろうろと売人を待っているのよ」

「それなら、なぜ僕に教えなかった？」

「私が何もしなかったと思うの？」タラはいらいらと頭を抱えた。我慢の糸がぷつりと切れた。「いくら言っても、秘書があなたとは話をさせてくれなかった。姉たちが死んで、それでようやくあなたは私の存在に目を向けたの。二年よ、リュシアン。二年間、あなたは私を無視してきた。でももう避けてはいられないわね。そうでしょう？」

リュシアンとしては、タラの誘導に引っかかってうなずくつもりは毛頭なかった。意識が過去に飛び、彼は今、自分の行動を、そして理解しているつもりでいた弟との会話のひとつひとつを思い返していた。

「ギイが肩書きをきらって財産だけを受けとったとき——」

「何、リュシアン？」自然と口に出ていたつぶやきにタラが食いついた。「そのときどう思ったの？　よくできた弟だとでも？」

「あいつは電話をしても出ないときが——」

彼女はまた笑った。耳ざわりな笑い方だった。

「理由を教えましょうか、リュシアン？」

リュシアンは彼女の顔を注視した。「ああ、聞かせてもらおう」

「たぶんそれは、彼が粗相をしていたからよ」

リュシアンは息をのんだ。これ以上自分を苦しめる事実はないと思ったが、続く彼女の言葉でその判断が誤りだと知った。

「それをきれいにしたのは誰だと思う？」

「やめろ！」

「どうして？　真実は聞きたくない？　それとも、私から聞かされるのが耐えられないの？」

うなりながら彼女をつかみ、すぐに手を離した。本当なのか？　信じたくはなかったが、かといって聞き流せる話ではなかった。電話がつながったときの会話の断片を、後ろで聞こえていた声を、リュシアンは頭のどこかで思い返していた。

ギイに貸した金の件もある。常識的に考えて、弟は弟で充分な資産があるはずだと疑問に思うべきだった。それをフライアの過剰な浪費のせいと納得していた。ギイが死んで初めて、彼は真実を知らされたのだ。

「あなたは私をポピーから引き離そうとしている。私はあの子をずっと守ってきたのよ。どうして信用できないなんて言えるの？」

話を聞いた今となっては、これまでのようにタラをむげにはあしらえなかった。自分が彼女のそばにいてやれたらよかった。だが、後悔してももう遅い。

「信用できないから、ポピーだけ手元に置いて、私をゲートハウスに追いやるのよね？」

つらそうな表情。だが彼女が傷ついたように、リュシアンもまた傷ついていた。聞かされたギイの話は、ぐさりと彼の胸をえぐった。もしそれが本当ならば、一生自分を許せはしない。

「君はどうしてほしい？」冷ややかにたずねた。

「ポピーのそばにいさせて。使用人部屋でいいの。そのほうが問題がないなら」

「スタッフは変に思うだろうな」赤ん坊といるためなら彼女はどんなことでもすると思うと、冷たい口調の裏で、リュシアンは罪悪感にさいなまれた。

「人にどう思われるかが気になる？」

「事態がややこしくなるだけだ」

「誰にとってややこしくなるの？」

さて、ポピーの叔母は屋根裏部屋に置くべきなのか？　ゲートハウスに遠ざけるべきなのか？　フェランボー伯爵は間違いをおかさない――考えた瞬間、自分がいやになった。少なくとも非があるように見えてはならない。なのに、ずっと頭を離れなかった疑惑――タラがギイと関係したかもしれないとの疑惑には強力な反証をぶつけられた。

タラを見る目も変わった。ひどく疲れた顔をしている。不器用に化粧をした目の下に暗いくまができ、その目から涙があふれそうになっている。自分が泣かせた。これだけでもつらいのに、ギイのことを思うと……。ギイ……哀れな弟。

そうだ、これが誇り高い僕の姿だ。

もうリュシアンと戦う気力は残っていなかった。悲しい記憶を全部吐き出すと、タラの体はすっかり空っぽになった。ギイを助けられるなら助けたかった。だが、彼は差し伸べる手をことごとく拒絶してきた。リュシアンはまだじっとタラを見ている。自分がどう映っているかはわかっていた。ホテルでは彼に楽しみを提供したけれど、ここでもああいうことが起こると考えるほど単純ではない。しょっちゅう起こってほしいとも思わない。ふたりの間に起こったことがなんであれ、少なくともタラの側からすれば、あれは愛から生じた行為だった。今はリュシアンの情けにすがるだけだ。

「もし使用人部屋に泊まるなら……」彼の表情は変わらず、それに勇気を得てタラは続けた。「毎朝いちばんにポピーに会わせると約束してくれる？」顔をそらす彼を見て心が沈んだ。「リュシアン？」いかにも必死で哀れっぽい懇願だったが、ポピーのためだ、ここは死んでも引き下がれなかった。

「ゲートハウスから毎朝ここに来ればいい」彼は背を向けたままだ。「庭の向こうに公園があるから、ベビーカーを押して散歩ができる」いらだたしげな声を発したかと思うと、唐突に言葉を切って髪をかき上げた。「馬上槍《やり》試合が行われていた場所だ」くるりと振り返ったその顔には、タラが見たこともない激しい感情が表れていた。

「あなたの親切に甘えるつもりはないの。あなたが慈善家じゃないのもわかっているわ」

「それはよかった」

「滞在費は支払わせてもらいます」

面白がるようにふっと緩んだ目元に、温かみは感じられなかった。

「だから、ここにいさせて」

「仮にここに滞在する場合だが、君には僕の規則にしたがってもらう。二度と感情を爆発させない。内輪の問題は誰にも話さない――」

「あなた以外にはということね？」

「僕は人の弱みにつけこむ悪じゃない」

「私だって、黙ってつけこまれる女じゃないわ」

「自分の考えは自分の胸にとどめておくこと。どうする？」すぐに答えないタラに問いかけてきた。

「ここにいたいのか、いたくないのか」

「丁寧なお誘いどうも」タラは無表情を装って静かに答えた。「喜んで滞在させてもらいます」


　僕は何をしているんだ？　タラとひとつ屋根の下で暮らすのは何より避けたいことだった。問題続きで家名の重みが消えかけている今だからこそ、彼女はゲートハウスに滞在させるつもりでいた。それも、万が一、彼女がフェランボーにとどまるとしたならばだ。さまざまな新聞報道から、今のタラは小切手を手に入れさえすれば一目散に逃げていくような、そんな女に成長したものと信じきっていた。小切手は胸ポケットに入ったままだ。すっかり忘れていた。


　タラを完全に見くびっていた。いや、それをいうなら、二年もたって再会したときに自分がどんな影響を受けるかを、軽く考えすぎていた。

「家政婦に部屋を用意させよう」

「本当にそれで迷惑じゃなければ――」

「大丈夫だ」


　納得した小さな笑みが返ってきた。彼女はどんな攻撃の切先をも落ち着いてはねのけてきた。冷静に理屈を示して、固い決意で向かってくる場合がほとんどだったが、そこにはリュシアンが特別感心する情熱的な一面も垣間《かいま》見《み》えた。今もまっすぐにこちらを見返している。リュシアンは意志の力を総動員して自分をいましめた。どんなに魅力的に見えても、おまえの人生にタラの居場所はないんだぞ。

9

いったん落ち着いたほうがいい。そう考えたリュシアンが適当な時間を置いて子供部屋に戻ってみると、タラは子守り《ナニー》と一緒にポピーの寝室にいた。あわただしく家具の配置替えをしている最中で、傍らでは小さな揺りかごに入ったポピーがすやすやと眠っている。気づいてみれば、凝った作りのベビーベッドから飾りがそっくりはぎとられ、ベッド本体が壁際近くに寄せられていた。

「言ってくれたら、やらせる人がいた」

「このくらい自分たちでできるもの」タラが答えた。「ねえ、リズ？」

若いナニーはタラが戻ってすっかり安心した様子だ。彼女が笑いながらうなずくのでこれといって手出しもできず、危険がないことだけを確認して、タラに向きなおった。

「君には続き部屋を用意した」

「続き部屋？」タラはふたりで運んでいたテーブルを床に下ろすと、働き者の器用な両手を腰に当てた。「そこまでしなくていいと、あなたのスタッフに伝えてちょうだい。私は寝られる小部屋がひとつあればそれで――」

下手に感情を見せないことでは有名なリュシアンも、これにはにやっと笑ってしまった。「あいにく、ここには小部屋なんてないのでね」

「そうなの？」

からかい口調だが、小気味いい響きだった。彼女を機嫌よくさせて自信をつけるのは好ましくもあり、問題でもあった。みじめにさせるつもりは毛頭ないが、増長されても困りものだ。「少し手を休めてくれないか。話がしたい。残りの仕事は、誰か人を呼んでリズを手伝わせよう」

タラはリズの意見を聞いてから同意した。

リュシアンは彼女を居間に連れていってドアを閉めた。今まで体を動かしていたせいで、彼女の頬は濃い薔薇《ばら》色《いろ》に染まっている。最後に彼女のほてった顔を見たときのことを、リュシアンは思い出さずにはいられなかった。

「お話というのは？」

ここはゆっくりいこう。タラは見るからに落ち着いていて、それが彼女の印象を変化させていた。城に置くと決めてよかった。安堵《あんど》したのを境に、リュシアンの気分は切り替わった。彼女をじっと観察した。大きくうねって顔の周囲を縁どっている金色の髪。額にたれた前髪が汗で張りついている。彼女の手がその髪を払った。

「続き部屋でかまわないね？」リュシアンは冷ややかに言った。

「突然言って用意してもらうんですもの、どんな部屋でもありがたいわ」率直な感想が返ってきた。

感謝などされたくなかった。リュシアンがほしいのは、数時間前にはとても実現するとは思えなかった理想の世界だ。互いに対等に接し、彼自身、心に何かを感じられたら……と思う。自分に反抗してくる女性がいようとは想像もしていなかった。

ポピーを迎えるために大金をつぎこんで整えた準備だったが、そこにあらを見つけてしまうのだから恐れ入った。だが、インテリア・デザイナーが見落としていたらしい細々とした使い勝手については、実際タラのほうが正しいのだろうと、リュシアンは彼女を信じる気持ちになっている。彼が眉間《みけん》の皺《しわ》を深くすると、明らかに気持ちをほぐそうという意図からだろう、タラが口を開いた。

「ポピーがいなかったら、私だって喜んでゲートハウスに泊まっていたわ」

「ポピーがいなかったら、君はここにはいない」

身も蓋《ふた》もない言い方に、彼女は片眉を上げた。まっすぐに見返してくるターコイズ・ブルーの瞳。いつにもまして魅力的に見えた。

「面白くないのはわかるわ、リュシアン」

「何がだ？」強い口調できいた。

「私の悪い噂《うわさ》ばかり聞いていたのに――」彼女はひるまなかった。「今はその当人が目の前にいて、あなたのお屋敷に住もうとしているんですもの」

「城だ」無愛想に訂正した。

「我が家なんでしょう？」静かにきいてくる。「ともかく、あなたには感謝しています」彼女はすぐに続けたので、リュシアンには考える間もなかった。

慎重に無表情を装った。彼女は若いし、とても正直だ。再び髪を払ったそのしぐさがなんとも子供っぽく、手を伸ばしたい、なめらかな感触を自分でも確かめたいと強い衝動がこみ上げてきた。

「君のスーツケースも部屋に運ばれたころだ。荷ほどきに手伝いがいるなら――」

「その先は言わせて。階下《した》に電話すればいい。そうしたら、誰かが手伝いに来てくれる」

「そういうことだ」リュシアンは顎の無精髭《ひげ》を親指でなでた。

「私はあなたが慣れているお客のタイプとは違うみたい。荷物といってもほんのわずかよ。着替えひとつと歯ブラシ一本に手伝いはいらないわ」

リュシアンはまっすぐな視線を受け止めながら、この瞬間にも彼女は変化しているのだと感じずにはいられなかった。多少でもチャンスがあったなら、どんな女性に成長するのか見届けられるだろう。

家政婦が入ってきて、タラの部屋の用意ができたと告げた。会話をする彼女たちを見ていると、自然と笑い声があがるなど、年上の家政婦とタラはまるで昔からの友人同士のようだった。厳しい顔をした家政婦が、リュシアンの前でこうも自然にふるまうのは初めてのことだった。だが、それも納得できる。タラの明るい生き方《ジョワ・ドゥ・ヴィーヴル》は伝染性なのだ。

　リュシアンは私をうっとうしく思いはじめているのかもしれない。タラは使用人たちと話がしたいと切実に思った。彼らがリュシアンを大切に思っているのは見ていればわかる。ひとりひとりの名を覚えて気軽におしゃべりをし、彼らがこの家でどんな役割を果たしているのか、理解できるようになりたかった。タラ自身の滞在は短くても、気になるのは同じ人たちに世話をされるポピーの将来だ。今のところは満足だった。リュシアンの下で働く人たちは、ギイとフライアが雇った使用人とは違う。ここの人たちにはとりすましたところがまるでない。

　考えを変えてくれた礼が言いたくて、去りかけるリュシアンをドアの手前でつかまえた。見つめられると心臓が激しく打った。私は願望が作り出した錯覚を見ているの？　それとも、彼の瞳にのぞいているのは温かい感情？　彼の家についてまたいくつも質問を重ねたら、これは消えてしまうのかしら？

「いいから」彼はぼそりと言ってドアをあけた。

　どういう意味？　よけいな話はいらないと？　感謝しなくていいと？　なんなの？　質問する機会は与えられなかった。自分で考えるしかないんだわ。

そう思ったとき、家政婦が近づいてきた。

「お部屋にご案内しましょうか？」

「あ、はい、お願いします」

「旦那様《だんなさま》が、用事があれば自分は私室にいるからと。それからもちろん、あなたやポピーお嬢様やナニーに何か入り用なものができたときには、遠慮せずに私を呼んでくださいませ」

「ありがとう。助かります」本心から言った。

すべてを見たつもりでいたタラだったが、続き部屋の入口である重厚なオーク材のドアが開かれたときには、思わず息をのんでいた。どこもかしこも超のつく豪華さで、ひと目見ただけではとてもすべてを把握できない。家政婦の案内に従いながら、一度に集中するのはひとつだけにしようと思ったが、悲しいかな、慣れないことが多すぎた。広々としたスペースもそう、たくさんの芸術品《オブジエ・ダール》がひとところにあるのもそう。アンティーク家具の多さに至っては言わずもがなだ。

どの家具も磨かれて品のいいつやを放ち、家具磨きに使う蜜蝋《みつろう》のにおいがほのかにただよっている。窓をおおうのは鮮やかなブルーとゴールドを基調にした豪華なシルクのカーテン。四方の壁の表面はごく淡いオークルの錦織《にしきおり》で、そこに金縁の鏡や油彩がいくつも飾られていた。描かれているのは流れるようなドレスをまとった魅力的な女性たちだ。ある者はティアラをつけ、またある者は羽根飾りのついたつば広の帽子をおしゃれにかぶっている。

磨かれた木の床をおおう美しい絨毯《じゅうたん》はオービュッソンに違いないと、複雑な花模様からタラは推測した。しかもここはまだ寝室の手前の部屋なのだ。気づいたのは家政婦に案内されて次の間に移ったときだった。そちらの部屋では、中央の一段高くなった場所に大きなベッドがでんと据えられていた。

玄関ホールはまだ落ち着ける感じがしたが、ほかの部屋はどこも半端な広さではなく、ギイとリュシアンも子供のころは絶対迷子になっているはずだとタラは思った。ベッドに入る前、小さかった兄弟は一階に下りていき、父親である伯爵に深々と頭を下げたり、言葉少なに堅苦しいあいさつを交わしたりしたのだろうか。もしそうなら、彼らもいろいろな意味で自分とそう変わらないさみしい子供時代を過ごしていたということだ。タラは思いにふけりながら、シルクのベッドカバーに手をはわせた。

「ベッドは気に入りましたか？」家政婦の声で、いつまでもベッドを眺めていたと気がついた。

「ええ、すばらしいわ」正直に感想を伝えて手を引っこめた。「あの、この枕《まくら》ですけど、もう少しもらえるかしら？」

「もちろんですとも、マドモアゼル」

どうかしていると家政婦は思っただろう。ベッドにはすでに枕が三重になっている。けれど、豪華なソファや椅子はどうも使いにくそうだ。タラには考えがあった。思いつくことはいくつもある。それらを実行に移して、ここにいる間に、もっとくつろげる家庭的な雰囲気を作ってみたい。

「お庭や温室にも花があるんですよ。ただ、用意しようにも、お好きかどうかわからなくて……」

「お花は大好きよ！　ありがとう。飾るなら伯爵のお部屋にも――」

「旦那様の？」家政婦は顔をくもらせた。

「ごめんなさい。アレルギーでもあるの？」

「いいえ、私の知るかぎりでは……」

「じゃあまず伯爵のお部屋に、それから子供部屋にも飾りましょう。どこのお花を摘んでいいか教えてもらえたら、私が自分で飾ります。あなたの手をわずらわせたくないもの」

「私はいいんですよ、マドモアゼル」張りきるタラを見て、家政婦は微笑《ほほえ》んだ。「ほかにご用はありますか？」

「大工仕事のできる人はいます？」

「大工仕事ですか？」

「子供の手が触れないように配慮したいところもあるし、暖炉にも囲いがほしいと思って」

「そういうことはみんな、あなたがたがいらっしゃる前に考えておくべきでしたのにね」家政婦は気づかわしげな表情になった。

「時間はあるわ。まだポピーは小さいもの」タラは笑顔で家政婦を安心させた。「ただここを離れる前に、できることはしておきたいの」

「そうですね、マドモアゼル」タラの声が尻すぼみになると、家政婦は優しく言った。「心配はいりませんよ」目と目が合うと、タラの腕に手を置いた。「あなたはここに大きな変化をもたらしてくれる。私にはわかります」

タラは生じた感情を胸のうちにおさめておいた。

「ここはお屋敷の中でも私がいちばん気に入っているゲスト・ルームなんですよ」

「わかります」桁違《けたちが》いの豪華さを目の前に、タラは笑った。

「それから、旦那様のお部屋はすぐお隣です」

えっ？　タラは笑みをかげらせた。「ありがとう」あわてて言った。なるほどそうか、使用人たちはリュシアンの近くにしたほうが喜ぶと思ったのだ。だが、面倒の上に面倒をかけることになるし、部屋を変えてほしいとはとても言えない。

続いて入ったバスルームはふたり一緒に使える広さで、ドアにかかった二着のバスローブを見るなり、タラは頬が熱くなった。次は衣装部屋だったが、ずらりと並んだシルクの部屋着や宝石で飾られた室内ばきを見せられるころにはもう、うれしいというより屈辱感で胸がいっぱいだった。

「お忘れになったときのためのご用意です」家政婦はさらりと言う。客室にそういう品をそろえておくのは異例でもなんでもない、とでも言いたげだ。

リュシアンはいつもこうなのだろうか。タラはだんだん腹が立ってきた。

「旦那様は、ここではどんなお客様にも贅沢《ぜいたく》に過ごしていただきたいとお考えなんです」

「そう？」リュシアンの招待客で、宝石つきの室内ばきを使う人がどれだけいるというのだろう。

「旦那様のお父様も同じでした。古い時代から伝わるよき伝統ですわ」

ふうん。

「さて、私はこれで。どうぞごゆっくり」

リュシアンの暮らしを理解するのはとうてい無理だとタラは思った。かといって、思い悩んでいても始まらない。来てしまった以上は慣れるしかないのだ。私室で目立たずひっそり暮らすという、長年かけてものにした処世術はあるけれど、それで得られたものは何もなかった。それに、今はもう好奇心が抑えられなくなってきている。上流人が城を訪れたときに着る服というのがどういうものか、調べてみずにはいられない。その前に、まずはシャワーだ。

髪を乾かし、歯を磨き、だぶだぶの服をさっとかぶった。とかした髪をかっちりしたお団子にまとめると、もうアラジンの洞窟《どうくつ》に、つまり衣装部屋に入るのが待ちきれなかった。わかっているわ、もちろん見るだけよ……。

なんてすてきなの……。上等な服を一着一着丁寧に見ていくと、目の色と同色の部屋着があった。大丈夫、着てみるくらいかまわないわ。タラは自分の服を脱ぐと、きらきらした飾りのちりばめられたシルクにそっと手を通した。ああ、この感覚。繊細な生地はすばらしい肌触りだった。勇気をふるい起こして鏡の前に立ったとき、リュシアンが入ってきた。

「おっと、失礼。誰も君の居場所を知らなくてね。ここにいるとは思わなかった」

そう、思わなくて当然よ。細い女性用に作られた服を着ている自分のみっともなさに、タラはあわてて体を隠した。

「外で待っていたほうがいいんじゃ……」布地をきゅっとかき合わせてみじめっぽく見返しても、そんなほのめかしは完全に無視されてしまった。

「こっちはどうだ？」リュシアンは慣れた手つきで服をより分けると、ビロードの部屋着をとり出した。ごくごく淡い水色で白いレースの縁どりがある。ため息が出そうなくらい美しい。「それと、これだ」

　彼がかがんで出してきたのは、タラの目から見れば、この世でいちばん高価な室内ばきと言われても納得しそうな羽根飾りつきの靴だった。

「私のサイズをどうして？」タラは上品な靴を手わたしてくれるリュシアンに問いかけたあと、彼の表情に気づいてさっと赤面した。互いの体については、知らないことのほうが少ないのだ。だが不格好に動きまわって羽根つきの靴と格闘したり、服を着替えたりしていると、どんどん落ち着かなくなってくる。

「本当に、ひとりにしてもらえると助かるのだけど」顔が真っ赤なのは自分でもわかった。

「なぜ？」リュシアンはタラのよく知る表情を目に浮かべながら、小さくつぶやいた。

10

「なぜ、ときいてくるほうがなぜだわ」タラはいらいらしてかぶりを振った。

「何を言っているんだ？」リュシアンは本気で困惑しているようだった。

「あなたに見られているもの」

「それが？」

「ばかで、太っていて、不器用な私を見たいの？」

　彼は肩をすくめた。「君なら前に見ている」

「ギイが私を求めなかった証拠がまだほしいというのなら……」

「ギイ？」リュシアンは眉根を寄せた。「ギイが君とどうしたという話はもう聞きたくないね」

「そう？」

「君を求めたのは僕だ」一瞬、懐かしいちゃめっけを感じたが、過去形では安堵《あんど》のしようがない。

「今は？」

「僕が前に見た君は、今の君より着ているものが少なかったぞ」

「つまり、ギイとのこと、信じてくれるの？」

「僕がわからないのはひとつだ」ぎくしゃくした雰囲気が振り払われつつあった。「フライアが君のことをなぜああいうふうに言ったりしたのか」

「私も不思議だった。でもあとになってわかったの。きっとすごくおびえていたんだわ」

「フライアが？　おびえていた？」

「ギイがいなくなったら、自分には何も残らないと思ったんでしょう。ギイがときおり私に話しかけるのを目にしていて、それが不安だった。男は性的な関心なしに女を見たりはしないと姉は信じていた。私に見えたものが姉には見えていなくて……」

「それは？」リュシアンは厳しい目つきで話の続きを促した。

「ギイは精神を病んでいた。ドラッグをやっている間はすべてが完璧《かんぺき》だった。ドラッグだけじゃない、彼は完璧を期することにもとりつかれていたの。だから、私を相手にするはずがないのよ。わかるでしょう？」

　タラが当然のことのように話すので、リュシアンは否定してやりたい衝動に駆られた。だが、口を開く間はなかった。彼女が持っていた服を床に落として、無防備そのものの姿で目の前に立ったのだ。

「ギイのことは気の毒に思っていた。私だって努力したの。本当よ。だけど、ギイは誰の助けも拒絶した。私はとくにいやがられたわ。それはそうよね。ほら、私を見て」タラは重ねて言った。「魅力的な女性を見つけるギイのレーダーに、私は引っかかりもしなかった」

　気づいてみれば自分は身を固くしてつっ立ち、理解不能な異国語を聞かされているように眉間《みけん》に皺《しわ》を寄せている。リュシアンにはしかし、タラの胸中が理解できた。彼女がこんなふうに思わざるをえなかった現実に対して、悔しさがじわじわと胸に押し寄せてきた。床に落とされた部屋着を拾い、ぱさりと振り広げてから差し出した。

「さあ、これを着て。僕は後ろを向いているよ」

　彼女はとりに来なかった。体形を気にして動けないのだと気がつき、リュシアンは手にした服のジッパーを下ろしてそばに寄った。子供を着替えさせる優しさで、服を彼女の頭からそっとかぶせた。

　タラはきつく目を閉じていた。これほどリュシアンが親切だったことがあるだろうか。優しかったことがあるだろうか。彼が離れると、すぐさま脱ぎ捨ててあった服を拾い丁寧にたたんだ。どうにかして自分の体から彼の意識をそらしたかった。

「何か忘れていないかい？」

「忘れてる？」顔を向けたタラは、伸びてきた手にびくりと身をすくめた。今まで起きたことのすべてが意味をなくし、このひどく気恥ずかしい瞬間からふたりの関係が再始動したかのようだった。「あ、ジッパー……」彼の注意を引いていたものの正体がわかり、冷静にさっと引き上げた。

　彼もシャワーを浴びて着替えたんだわ。そうと気づいたのは、気分的にも、服の面でもようやくひと心地ついたからだった。しゃれた黒のズボンにエルメスのベルト……。素足にエルメスのローファーをはき、これは特別にあつらえたのだろう、ブルーのすてきなシャツを着ている。タラ自身も彼の選んでくれた美しい部屋着を着ていたし、サイズも問題なかったが、軽装すぎる感じは否めなかった。

「落ち着いた？」リュシアンがきく。

「ええ、あなたがじろじろ見ないでくれたら」

「僕の見方にどこか問題でも？」

スポットライトを浴びるのは昔から苦手だった。

彼が植えつけてくるこの感覚はどうも落ち着かない。

「太っているのをよけい意識させられるわ」タラは男性として完璧すぎる体形から目をそらした。

「太っている？」

「ええ……お肉がぷよぷよして」彼にはわからないのだ。タラは彼にまっすぐ体を向けた。

彼の唇の端がくいと上がった。「僕は好きだが」

それを信じろというの？

「ひとつだけ問題がある」

「何？」強気を保っていても、心の中では泣き出したいくらいに不安だった。

「髪を下ろしてごらん……」髪に手をやろうとすると、リュシアンのほうが先に動いて髪どめを外した。落ちた髪が肩でふわりと跳ねると、彼は微笑《ほほえ》んだ。

「いい感じだ」

「本当にこれだけ？」

「何を言われると思った？」

外見からわかること以外に、こちらから弱点を教えると思っているなら、それは間違いだ。

「タラ、君は考えを改めるべきだ。僕が君を見てきれいだと言っても、反論することはない……」

「きれい？」

「理解できないふりはよせ。君の賢さはお互い了解ずみなんだ」

目元が少し優しくなって、本気で言っているとかろうじて納得できた。ならばとタラは質問をした。本来なら、彼が衣装部屋に入ってきた瞬間にぶつけておくべき質問だった。「ここへは何をしに来たの、リュシアン？」

彼は視線を外さなかった。見つめ合う時間が長くなれば長くなるほど、彼の来た理由などどうでもよくなってきた。急ぎの用ならすぐに用件を言ったはずだ。「やめて」手の甲で腕を軽くなで下ろされて、タラは小さく身をすくめた。

「いやなのかい？」彼が優しく問いかける。

「疲れているのがわからない？」穏やかに言い換えたが、声にもう力が入らない。もしも、リュシアンが特別な表情を見せてきたなら、私はそれだけで今日のどんな苦労からも解放される。伏せていたまつげを少しだけ上げると、彼の表情は、まさしく特別だった。「私を笑っているの？」

「笑うものか」

たとえそうでも、腕をなでてくる手が優しすぎて、考えを集中させることができなかった。「リュシアン、お願いだから……」

「お願いだから、なんだい？」ハスキーな声がからかった。「ひとりがよければ、ゲートハウスに泊まるという手もあったのに」

「ひどい言い方……」

「ひどい？　わかってほしい、僕は是が非でも君をその気にさせたいだけだ。君に集中して、最後には深く満足してもらいたい……」

「深く満足？」タラはため息をついた。

「ああ……」

何がなんでも拒絶しなければ。うまくあしらわなければ。けれど、そうできるのはタラほど恋におぼれていない女性の場合だ。

腕に抱えられて寝室に運ばれた。ベッドからさっとシーツをはいだリュシアンは、タラを横たえるなり、自分もすぐにローファーを脱いで隣に寄り添った。体を抱いて肌を密着させてくる。彼の重さを感じると、これが妄想ではないと実感できた。ここは夢に見てきた安心できる避難場所だ。

リュシアンのキスは待ち受ける喜びへの、懐かしくもあらがいがたい序曲だった。しかし彼は決して先を急がない。タラの半分も急いではいないだろう。引き締まったたくましい体はタラの理想そのものであり、それ以上だった。タラは自分から貪欲《どんよく》に身を寄せたが、まだ足りなかった。足りるはずなどない。力強い体に組み敷かれたときには、その先を期待してはっと息をのんだ。快感のペースを作るように彼の唇が動き、首筋に熱い炎を散らしていく。

　タラの手首をつかんだリュシアンは、万歳をさせて両手を枕《まくら》に押しつけ、抵抗を封じたうえで唇での愛撫《あいぶ》を思う存分楽しんだ。彼女の美しい体をくまなく、思いどおりのスピードで堪能《たんのう》するつもりだった。タラが喜んでいるのは明らかだった。何度も聞こえる嘆息や、彼の下で身をよじるその姿から、楽しんでくれているのがわかる。彼女がとりわけ喜んだのは、リュシアンがカタロニアの言葉でいろいろとささやきかけたときだった。理解できない言葉でも、意図だけははっきりと伝わったようだ。

　彼女の表情がいとおしかった。部屋着のジッパーを下げると、布地がはらりと気持ちよく左右に分かれ、みずみずしくも美しい肢体があらわになった。

「便利な服だ」ささやいてひと息にはぎとった。

「あなたって……」

「我慢ならない？　そんなことないぞ」体を密着させながら、硬い筋肉に反発してくる彼女のやわらかさを楽しんだ。彼女より完璧な女性がこの世にいたとしても、リュシアンは実例を知らなかった。

　タラが体を押しつければ押しつけるほど、彼はタラの唇にいけない言葉をささやきかけてきた。意味は知らなくても、恥ずかしい言葉なのは理解できた。彼の目に浮かんだ表情が何よりの証拠だ。たとえ意のままにされていようと、彼の腕の中にいる安心感は特別だった。ぎゅっと抱かれている今がうれしい。

　彼は片手でヒップをつかみ、片手で両手首を押さえつけていた。日焼けしたなめらかな肌の下で、彼の硬い筋肉が動くのがわかる。腿を圧迫してくるたくましい彼の感触。タラは甘い雰囲気にのまれ、もしかしたらという気持ちになってきた。自分はすべてを手に入れられるのではないか。リュシアンとポピーの両方を、ちゃんとした暮らしを、ちゃんとした家族を……。首筋で名前をささやかれると、タラはぞくりと身を震わせた。手首が自由になるや、彼の首を抱いて自分のほうに引き寄せた。

「キスして」現実を忘れさせてという意味で言った。

「キスして」強い口調で繰り返した。

どこまでも優しいリュシアンの愛撫に、タラは胸が熱くなってきた。もちろん表には出さなかった。ほっとできたのは、強烈な快感のほか何も感じられなくなってきたときだ。胸が大きくてよかったと思った。リュシアンがそう思わせてくれた。胸の小さい女性は、小さい面積に応じたキスしかしてもらえないはずだ。それなら、とタラは思う。やせたいと考えるほうがおかしいのでは？　しばらくして、リュシアンがじわじわと腿の間に体を入れてきた。

彼がいったん動きを止めて、おなかにキスの雨を降らせはじめると、タラは言った。「今やめるのなら、もう絶対にあなたを許さないから……」

「こんなこともだめ？」リュシアンは頭を下げ、舌を使って丁寧に快感を掘り起こした。

「いいわ、それは許してあげる」タラはあえぐように負けを認めた。

リュシアンは自信たっぷりに笑った。体を下にずらそうとすると、ぐいと引き戻された。「だめ」タラが命令口調で言い、そそるように腰を浮かした。

「そう簡単には離さないわよ」

「どうして僕が君から離れるんだ？」

リュシアンは体重をかけてタラをベッドに押しつけた。彼女がどう言っていようと、タラは完璧な女性だった。彼女にはフェランボーに、僕のそばにいてもらう。ポピーにも好きなときに好きなように会ってもらう。フェランボー伯爵リュシアン・マキシムの愛人ならば、誰も文句は言わないだろう。

シャワーを浴びたふたりは、バスローブを着て居間に戻った。タラは暖炉の前の絨毯《じゅうたん》に腰を下ろし、思案がちに炎を見つめていた。顎近くにまで引き寄せられた両膝。炎に照らされた髪が金の雲のようにきらきらと顔を縁どっている。これほど美しい女性を、リュシアンは見たことがなかった。

彼女の隣に座り、頭に手をまわして引き寄せた。

「きれいだよ」

「冗談ばっかり」即座に返事が返ってきた。

「いや、今ほど真面目《まじめ》なときはないくらいだ」目を閉じて五感を自由に働かせた。ふわふわした髪の弾力を手のひらに感じる。清潔で温かな彼女のにおいを吸いこみながら、人生のよき瞬間とはこういうものかとリュシアンは悟った。「すばらしい瞬間だ」気がつくと小さく声に出していた。

「えっ？」彼女が顔を振り向けた。

「角つき合わせているよりこのほうがずっといい。そう思わないか？」首筋に顎先をすり寄せ、ふと見ると彼女はつらそうな表情になっていた。

「リュシアン、弟さんのことをひどく言って本当にごめんなさい……」

「真実は残酷なものだよ」

今はタラのほうが心配だった。ギイはもう助けられないが、誰のせいにせよ、タラが人目を気にして、自分に自信が持てないでいる現状はどうにかしてやれるはずだ。リュシアンはタラの髪にキスをした。こんな穏やかな気分になるのは初めてなのに、それをどうやって彼女にわからせたらいいのか。じっと薪《まき》のはぜる音をきいているうち、袖口《そでぐち》に湿り気が広がってくるのがわかった。

「タラ？」返事がなく、リュシアンは彼女の不安をすべてとりのぞいてやるつもりで、彼女をさらに引き寄せた。だが、お互い住んでいる世界が違う。リュシアンのほうは義務に縛られている。そんな状況で、とれる方法といったら？

彼女はフライアの死を悲しんでいるのに違いない。黙って寄り添い、わかっていると態度で伝えるのがいちばんだと本能が告げてきた。心の底を読みとろうとするかのように彼女が見つめてくると、リュシアンは心の命じるままの行動をとった。

リュシアンのキスは、さながら嵐《あらし》のあとの太陽だった。ここが私の居場所なのだ。ふたりで共有した甘い時間は、二年という長い間ずっとタラを支えてきた。その彼が今また戻ってきた……。

だったら、今のうちにせいぜい楽しみなさい。タラの中で、ひねくれた心が意地悪くつぶやいた。

11

翌朝、タラが日の出とともに目覚めると、リュシアンは早々にシャワーを浴びて、部屋からいなくなっていた。あとには皺《しわ》になった枕《まくら》と、シーツのへこみが残っているだけ。その枕を抱いて大きく息を吸った。今まででこんなに幸せだったときがあっただろうか。彼との関係は好転したとタラは信じていた。渦巻いていた不安は？　不安はもう過去のものよ。自分の心にははっきり言い聞かせた。

シャワーを浴びると、自前のジーンズとTシャツにばたばたと着替え、隣の部屋でポピーがリズとまだ眠っているのを確認してから、朝食をとりに急いで階下に向かった。ひょっとしたら、途中でリュシアンに会うかもしれない。

　リュシアンの住まいの第一印象は、こうしている今も変わらなかった。家庭のぬくもりが断然欠けている。リュシアンとギイがここで暮らしていたとは考えたくなかった。それを言うなら、ポピーにもこんな雰囲気の中で育ってほしくはない。タラは唇を噛《か》んで子供部屋のある二階を振り返った。フェランボーの城は、たとえるなら、手も触れられない貴重な品々をふんだんにそろえた偉大な博物館だ。けれど、ここを家庭に変えるのに魔法の杖《つえ》はいらない。

　長い歴史と膨大な富のにおいが充満していても、この城が温かな住まいとして機能していた時代を、タラは容易に想像することができた。でこぼこした石壁は暖色の布でおおえばいい。いろんな場所に少々手を加えて、イメージに合う家具をいくつか配置すれば、これだけの規模の建物でも息苦しい威圧感は軽減できるだろう。うっとりする部分だってたくさんある。たとえば、美しい立派な階段。ここの手すりはなめらかな曲面になっている。どれだけの人の手が磨いてきたのかと考えずにはいられなかった。つややかに光っていて、上等なシルクを触っているかのような感触だ。無数にある装飾ガラスからの外光はすばらしく幻想的だし、ランプを増やして必要な場所に置き、城内の暗がりを一掃すれば……。ああ、リュシアンとふたりでこの城を変えていくのは、どんなにか楽しいだろう。

　空想にふけってばかりいてはだめよ。タラは自分に厳しく言い聞かせ、階段の下にたどりついた。

「旦那《だんな》様《さま》は朝食部屋においでですよ、マドモアゼル。ご案内しましょうか？」使用人が声をかけた。

「ありがとう」心臓がどきりとした。リュシアンの暮らしに慣れるときは来るのだろうか。

　食堂に入ると、リュシアンの腿の前面、硬い筋肉をおおうデニム地に漆喰《しっくい》の粉がついていて、早朝から改修作業にかかっていたらしいとわかった。

「おはよう」タラは明るくあいさつをした。彼にもきっとこの気分——一生分のクリスマスが一度に来たような気分は伝わっている。

「やあ、おはよう」彼の口調はやけに丁寧だった。タラのほうを見ようともしない。

まわりに何人も使用人がいるせいだ。一緒に一夜を明かした事実を堂々と公言したいはずもない。だから外のテラスで食べようかと誘われたとき、タラは快く従った。食堂と違って、外でなら少しはふたりだけの会話が楽しめるだろう。

「コーヒー？」タラが籐《とう》椅子に座ったのを確認してから、リュシアンがたずねた。「それともお茶？」

「私はジュースを……」タラは彼に微笑《ほほえ》みかけた。

ゆうべの興奮を伝えたくてたまらなかった。こうして彼のそばにいるだけで、世界がいつもよりくっきりと焦点を結んで見える。ただ、彼のほうはまだ少しよそに気をとられているふうだ。

それもしかたないわね。タラは一段高いテラスから周囲に目を転じた。幾何学的な庭の美しさは見事というほかなかった。小ぶりなつげの生垣をこれほど正確な形に整えるには、葉を一枚一枚、はさみを使った手作業で刈っていくしかないのだろう。

薔薇《ばら》とラベンダーのいい香りが、湖の鏡面を揺らすその同じ風に乗って運ばれてくる。湖では白鳥がすいすいと優雅に泳いでいた。外からはまったくわからないが、水面下では推進力を保つために激しく水をかいているはずだった。私も似たようなものだわと、黙ってコーヒーを口に運ぶリュシアンを見ながらタラは思った。城の周囲に広がる広大な緑を前にすると、自分のちっぽけな住まいの前にある狭い通りや、石炭殻の敷かれた小さな遊び場とどうしても比較してしまう。だから彼はここに連れてきたのかもしれない。私が何に対して抵抗しているのかを、はっきり見せつけるために。

ウエイターが台車を押してくるのを見て、タラはほっとした。裁判所にどう比較されるかとうじうじ考えるより、料理選びに頭を使うほうがいい。ポピーに会う権利については、もちろん愛情が重要視されるのよね？　そうと信じるしかなかった。

「台車の料理が気に入らないなら、何か好きなものを頼むといい」リュシアンが言った。

「いいえ、大丈夫」胸が重く締めつけられた。堅苦しい関係に逆戻りしている。彼はゆうべのことをなんとも思っていないのだ。それがこんなにも苦しいなんて。太陽の下にいるのに、タラは暗がりに引っこんでいるも同じだった。たぶん、今まででいちばん影が薄くなっている。「リュシアン……」

手でウエイターを下がらせた彼は、少しいらだたしげにタラを見返した。「何かな、タラ？」

「愛しているの」小さくささやいた。

「今日は町を案内しようと思っていた」椅子の背にもたれたリュシアンは〝塩をまわして〟とでも聞き違えたような顔だった。「ポピーがどんなところに住むのか、君も自分の目で見たいだろうし――」

「聞こえなかった？」

彼は椅子から立った。「中で話そうか？」

書斎に入っていく彼。タラもあとに従った。

「リュシアン、私――」

「黙って聞いてくれ」彼は険しい表情を浮かべて、両手でタラを制した。「今回だけは、その口を閉じていてくれないか」

声が出なかった。こんな言われ方をするなんて、信じられない。

「無理なんだ……僕は昔から人を愛さない。今から改めるつもりもない。これは君が悪いわけじゃない」硬い口調だった。「単にそうだというだけだ。だから僕に愛について語るのはやめてくれ。二度と口にしてほしくない。もし、僕が何かしたせいで君がそういう気持ちを――」

「待って」タラは静かにさえぎった。「愛を信じないというのね？　なのにポピーを養女にするというの？」

　質問しているタラの体で、震えていない部分はなかった。深く愛している姪《めい》の将来がどうなるのかという不安、そして、リュシアンにこれほど冷たくあしらわれたショックが、タラの心をふさいでいた。今の短い説明で、タラは使い捨ての、下品な、軽い女に変えられてしまった。

「ばかを言うんじゃない。ポピーが必要とするものは、僕がすべて用意する」

　リュシアンはタラの表情が腹立たしかった。まるで人を疑っているような言い方だ。彼女は心がすべてだと思っているようだが、心が気を散らせる邪魔ものでしかないのを、彼は事実として知っていた。

　感情を切り離すことで、リュシアンは人生の成功をおさめてきた。それほど大変だとも思わなかった。父である伯爵に拒絶されたときの気持ちを思えばなんでもない。あのとき自分がどうしたか。それを考えればすべては容易だ。彼は決してギイのような甘えたがりではなかった。だから、子供のころから自分を殺し、感じる能力を日々捨ててきた。今こうするのは、自分のためというよりタラのためだ。安易な約束はできない。どんな勘違いもさせられない。ただひとつ悔やまれるのは、こんな深みにはまる前に自制できなかったことだ。

　これでいいと半ば自己満足にひたっていたとき、ウエイターが朝食のトレイを持って入ってきた。

「旦那様がテーブルを立たれるのを見まして、シェフに新しく用意させました」

「私が運びます」タラが言った。

　リュシアンはタラの言葉に安堵《あんど》し、彼女の切り替えの早さに少なからず驚いた。話をわかってくれたようでうれしかった。ゆうべの今日だから、なるべく早い機会に誤解をなくしておきたかったのだ。

　万事もとどおりになって満足したリュシアンは、回転椅子に腰を落ち着けた。「トレイはデスクに置いてくれ」天板から物をどけながら言った。「君も持ってきてもらったら？」そこで彼女の青い顔に気づいて、使用人を下がらせた。「どうした？」

「あなたと……ポピーのこと」彼女は静かに口を開いた。「あなたが大事にしてくれるのか——」

「君にとっても僕にとってもポピーは大事——」

　タラはかぶりを振った。「いいえ、あなたは自分で認めたの。誰にも愛情は持てないって」

「僕にまかせていれば問題ない」

「もっと早くに気づくべきだったわ」こちらの声が聞こえないかのようにつぶやいている。

「気づくって、何をだ？」

　彼女はまっすぐにリュシアンを見返した。「私のバージンを奪い、ベッドに大金を残して私の人生から姿を消した人は——」

「今なんと言った？」

「聞こえたとおりよ。すまない、などと思わないで。あなたにわかったはずないんだもの。あの夜のことは自分の意志だわ。だけど、あとで連絡をくれてもよかったじゃない。人がああもすんなり関係を絶てるものだとは知らなかった。私にとってあの夜は特別だったの。あなたもそうだと思っていた——」

　答えるきっかけを与えた彼女は、黙っているリュシアンを見て顔色を変えた。リュシアンは椅子から立ち、なんと答えるべきかと考えた。ここはバランスが大事だ。変に期待を持たせるのもまずいし、心を踏みつけにしたくもない。「いや、あの夜は僕にとっても意味のある夜だった——」

「そう言える神経がわからない。あなたは一度だって私に連絡をとろうとはしなかったのよ」

「君もよくわかっているだろう。不測の事態が起こったんだ。僕は弟を亡くした」

「私は姉を亡くしたわ。でも、あなたからはまだ、お悔やみの言葉ひとつもらっていない。つまり、私との夜は、かゆいところを手でかいた程度のものだったのよ。ほかにどう考えろというの？」

「タラ！」

「なぜ驚いているの？　あなたがあの夜をそんなふうに変えたんじゃない。でも、ポピーには冷たくしてほしくない。あの子には愛情が必要だわ」

「愛情ならちゃんと――」

「あなたが与える？」まだ言う気なのかとにらんでくるリュシアンの瞳に気づいて、タラは身をすくめた。彼ははっとするほど魅力的で、しかし、ひどく冷酷でもあった。シャワーで使った石けんの香りがわかるほど近くにいたが、長居をしてまた魅力に酔わされるほど愚かなタラではなかった。「あなたに執着する気はないわ。冷たくなった卵ほど扱いに困るものはないもの」

「この件はまたあとで話そう」リュシアンは冷めていくばかりの朝食に注意を向けた。彼女には一度落ち着く時間を与えたほうがいい。

「手間を省いてあげましょうか」何かと思っているうちに、タラが皿をとり上げ、中味をくずかごにぶちまけた。「どうぞごゆっくり！」彼女は吐き捨てるように言って出ていった。

タラは子供部屋に避難した。落ち着けるのはここしかなかった。赤ん坊の雑用をしていると、楽しい気分がふくらんで、リュシアンへの怒りもいくらかおさまってきた。彼にはどう言ってもむだなようだ。ベビー・バスでかわいいポピーの脚にお湯をかけながら思った。タオルをとって、じっとしていない愛らしい体を包み、あやしながら抱え上げた。そのとき、リュシアンの気配を感じた。振り返ると彼がいた。ドアにもたれてこちらを見ている。タラはその視線をとらえると無言で語りかけた。ここは赤ん坊と、その子を愛しいつくしむ私にとっての安息の場所。敬意を払えないならいてほしくはない、と。

「やっぱり君も何か食べたらどうだ？」彼は乾いた声で言った。

「いいえ。どう、抱いてみる？」タラはリュシアンの顔に視線を据えたまま、大胆に近づいた。

「僕が？」

「ええ。体は清潔だし、こんなにかわいいのよ。誰にでもできる経験じゃないわ」

リュシアンにもそれはわかった。赤ん坊を受けとるために手を伸ばした。ポピーを抱いたタラの姿に癒《いや》され、今は穏やかで温かな心持ちになっている。この感覚を手放す気にはまだなれなかった。

赤ん坊が注意深くそっと彼の腕に移された。タラがリュシアンを見つめる。ふたりは瞬時にして同じ記憶を確認し合った。彼が書斎でタラを追いこんだこと。彼女がリュシアンをやりこめたこと。タラは頑として引かなかった。リュシアンとしてはただただ敬服するばかりだ。

赤ん坊を抱くというのは、特別な感覚だった。この幼い女の子を手放したくはない。ポピーのサファイア色の瞳なら、いつまでだって見つめていられる。彼女がもう少し大きければ、伯父さんが生涯をかけて君を世話する、守ってやると言ってやれた。教えてくれるなら愛することも覚えようと言ってやれたのに。赤ん坊の頭越しにタラと目が合うと、彼女が微笑みかけてきた。

「外に出ない？　外の空気を吸ったほうが、気分が変わっていいかもしれないわ」

「そうだな」承知した自分に驚きながら、リュシアンは四十分後にテラスで落ち合う約束をした。

町歩きに備えて彼が着替えてくることを、どうして予測しなかったのだろう。彼はどこからどう見ても伯爵様だった。オフホワイトのぱりっとしたリンネルのシャツに上品なサマージャケットと美しい仕立てのスラックス。靴は髪の色と同じ栗色《くりいろ》の高価なローファーだ。ジーンズにシンプルなトップスで出てきたタラは、隣にいて少し気まずかったが、ただ、ふだんから幼児と過ごすときには着飾らないようにしているし、それに、この人は子供の叔母ですとリュシアンが会う人ごとに優しく紹介してくれたので、緊張はじき解けて気持ちも楽になってきた。

加えて、リュシアンには守るべき地位がある。私にはまったく縁のないものだけど。丸石を敷いた通りでベビーカーを押しながらタラは苦笑した。フェランボー伯爵が人目を意識する立場にいるのだと認識したのは、彼がペタンクという球技をしていた数人と立ち話を始めたときだった。これを最初に、彼は何人もの城下の住人とあいさつを交わした。彼らが伯爵様を誇りに思っているのは見ていてすぐにわかったし、理由を推測するのも容易だった。りりしい目鼻立ちにしろ、鍛えた体にしろ、彼は見るからに貴族なのだ。次に彼が笑顔で立ち話を始めたとき、タラは礼儀正しくその場を離れ、ポピーと近くの店に入ってアイスクリームを買った。

「こんなことしなくていいんだ」したたるコーンを手わたされたリュシアンは、驚いた声で言った。

「あなたもお金を持っていたから？　それとも、スーツを汚すと困るからかしら？」

彼はサングラスを少し下げ、タラを一瞥《いちべつ》するとまたすぐもとに戻した。「金は持っている。それから、僕にかぎって失敗はない」

リュシアンはタラのために、この町の全容を生き生きと説明してくれた。一瞬彼の口調がかげったのは、古いバシリカ式教会堂の修復を頼めるような、腕のある建築家がなかなか見つからないとこぼしたときだった。円形の塔を修復するには、中世建築の専門家でないと無理なのだという。

ショッピング・エリアから、日よけの糸杉が並ぶ大通りに移った。日差しが歩道にまだら模様を描き、ひばりがあちこちで飛び交っている。絵を見ているような美しい場所だった。この城郭都市の中でも歴史ある区域のひとつだとリュシアンが教えてくれた。見れば遊び場つきの小さな公園まであって、タラは知らず知らず“貸家《ア・ルエ》”の看板を探していたが、空想して遊んでいるだけなのは自分でもわかっていた。

とはいえ、泊まるための場所探しは、今から計画に入れておいたほうがよさそうだ。次にポピーに会いにフェランボーを訪れたとき、また城に泊めてほしい、ではリュシアンも都合が悪いだろう。

12

その夜、タラはリュシアンから夕食に誘われた。彼とは気軽に話せる状態を保っておくべきだと、シャワーを浴びながらタラは思った。ポピーについて、まだまだ話しておくべきことがある。

そういうわけで、今タラの胸は興奮に高鳴り、頭の中にはいっぱいの想像が広がっていた。

さて、そろそろ冷静に頭を働かせて、持ってきたただ一着のドレスに着替えなければ。ドレスというのは派手さのないクリーム色のワンピースで、かわいらしいコーラル色の縁どりがついている。それにレースのカーディガンを合わせるのだ。素足にシンプルなサンダルをはくと、夕食の前に大事な電話を二本かけた。最初のほうは問題なかったが、二本目で町にある賃貸アパートの見学や契約について話を聞いているとき、タラは強い憤りに襲われた。フェランボーでは、女性ひとりでの契約はできないという。男性の副署が必要なのだとか。

　いったいここはどういうところなの？

　シャワーは冷水にしていた。今の彼の気分には水の冷たさがぴったりだった。これまでずっと感情というものを敬遠してきたが、そんな自己抑制はタラによってつきくずされた。水を止めてシャワーを終えた。タオルでがさがさと体をふく。

　門番小屋《ゲートハウス》への招待を固辞したとき、彼女はもっと大きな利益を求めて賭《か》けに出ていたのか？　僕は彼女を抱きたいばかりに、彼女がフライアと同じ性質の女性だという事実に目をつぶっているのか？　大勢の人の暮らしがこの双肩にかかっている以上、ギイがタラの姉と出会っておかしたような間違いは、もう繰り返せない。フェランボーの住人は、伯爵に対して愛人ではなく伴侶《はんりょ》を望んでいる。

　ギイは伯爵の称号を継ぐのを拒んだ。フェランボー伯爵という名につきまとう数々の責任をきらったためだ。生涯にわたって行動が縛られるのを承知で、責任はリュシアンが引き受けた。今さら同胞への義務に背は向けられない。財産がギイにわたったことで、リュシアンは世に自分の能力を示す必要を常に感じていた。努力は実を結び、増えた資産の一部を彼は今、町が何より必要としている修復再生の費用に当てようとしている。

　タラのためにすべてを失ってもいいのか？　完全に信頼できる女かどうかもわからないのに。心の問題に耽溺《たんでき》するのはわがままだと、昔から自分に言い聞かせてきた。誰かと結婚するのは、それが町にとって有益だと判断した場合だ。フェランボーが何より大事だという考えは、これからも変わりはしない。

　硬く冷たい大理石に拳《こぶし》をのせ、鏡の中の、好きとはいえない男の顔をしげしげと見つめた。人生の修羅場をくぐり、リュシアンはもはや人を信頼できなくなるほど懐疑的な人間になっていた。金を貸していただの、生前にどんな約束があっただの、ギイのつき合っていた連中の話は不快なものばかりだった。すべて金できっぱりとけりをつけたが、後味は悪く、他人への根強い不信感はぬぐえそうにない。

　午後にタラやポピーと過ごして、少し考えるところはあった。だが、時代遅れの法律が幅をきかすこの地域の行政を引き継いだからには、改革に専念するのが本分だ。フライアの妹といちゃついている場合ではないだろう。

　ジーンズと清潔なシャツを身につけ、髪型を整えてからバスルームを出た。タラはもう二年前の無垢《むく》な少女でもなければ、ホテルで不安げに待っていた女性でさえない。逆境を通して力を得た、そのことは彼女のためにもよかったと思うが、フェランボーにとどまりたいなら、条件はひとつだ。

　混乱した心を新鮮な空気ですっきりさせるつもりが、すっかり勝手が違ってしまった。タラは垂直に立った冷たい金属にすがりついていた。城壁の上でこれほど強い風に吹かれるとは思っていなかった。修復中の城壁の通路に上ってしまったのは、ここなら夜でも城郭都市がよく見わたせると期待したからだ。今いるのは渡り板の上で、下にどれほどの深みが広がっているかは想像したくもなかった。何しろ風が吹くたびにぎいぎいきしんでいる。しかも風は間を置かずに吹きつけてくるのだ。

　今転落したら、私はポピーの役に立てなくなる。マスコミも大騒ぎするだろう。ポールから手を離してそろそろと移動するしか方法はなかった。けれど、そうやって進めた最初の一歩は、何もない空を踏んだ。悲鳴をあげたところに聞こえてきた声――。

「動くんじゃない。今行く」

「リュシアン……」手がポールに溶接されたようだった。怖くて後ろを振り向くこともできない。ただ、彼が足をのせたときに板が揺れたのはわかった。

「ふたりでのって大丈夫なの？」

「君はどう思う？」低い不機嫌な声。「僕は君を残して引き返したい気分だよ」

「いや――」

「次にここまで上りたくなったときは」タラの腰に腕がまわされた。「まず僕に言ってくれ。さあ、こっちに」

「無理――」

「無理でも動くんだ。僕を信じろ。三十メートル下に落ちたくなければ、言うとおりにするんだ」ポールからタラの指をひきはがしはじめた。

「だめ。やめて……」

体ごとさっと抱え上げられ、あとの抗議はあえぎの中にかき消えた。リュシアンはタラを中まで運ぶと、足でドアをばんと閉めた。「ここは危険だと注意書きがあっただろう？」

乱雑に床に下ろされたあとも、タラは喜べる気分ではなかった。「暗かったし――」

「客のむちゃを予見しなかった僕のせいだな。あそこには明かりを置かせるようにしよう」

「それがいいわ」まだ震えが止まらなかった。

「ところで、あそこで何をしていた？」

「ゆっくり考えたくて」

「まだ考えることが？」

「ええ、あるわ。あなたとの間で解決すべき問題は、まだたくさん」

「たとえば、安全対策かな？　一歩間違えれば、君はあそこで死んでいた」彼は脇《わき》によけて道をあけたが、タラが通ろうとするとその体をつかみ、顔をはさんで両手の拳を壁につけた。「もうむちゃはしないでくれ、タラ――」

キスをされると確信したが、彼が体を引いたため、タラは意表をつかれて息をのんだ。

「独立心の強さを証明するために、支えのない板の上を歩いてみせる必要はない」

タラはかぶりを振った。「そんなんじゃないわ」

「君には快適に過ごしてほしい」

「ええ。ありがとう」

「僕は町の住人みんなの幸福を気にかけている」

「そこが問題なの。私はあなたに庇護《ひご》される立場じゃないのよ、リュシアン」

タラが死へのダイブをしていたかもしれないとの考えが頭を離れず、リュシアンは彼女を叱《しか》ろうという気にはなれなかった。「独立心万歳という信条の披露なら、どこかよそでやってくれ。世の中には協調とか協力とかいった言葉も――」

「引くことを学んだほうがいいのは、私だけかしら？　あなたは人に歩み寄れるの？」彼女はひと呼吸置いて続けた。「いいえ、無理ね」

「フライアとは違うと証明するために、いちいち人をはねつけるのはよせ」リュシアンは困惑していた。フライアの態度が最悪だったときでさえ、ここまで感情を乱されることはなかった。

「あなただって、ギイとの違いを見せつけるために、冷酷になる必要はないのよ」

沈黙がふたりを包んだとき、リュシアンは真実の苦さを十二分に噛《か》み締めた。

「リュシアン……ごめんなさい。あなたは私の命の恩人なのに」

リュシアンは彼女を見つめた。いったい誰が誰を助けているのか。「もうあんな危険だけはおかさないでくれ」

今度ばかりはタラも黙っていた。リュシアンは気づいているのだろうか。いちばんの危険は彼のそばにいることだというのに。

　暖炉で体を温めて、熱い飲みものを飲むようにとリュシアンは言い張った。タラは抵抗せず、おとなしく彼の部屋までついていった。

　男性の部屋だし、ごてごて物を置いていないのはわかるが、家族写真一枚ないのには驚かされた。せめて、父親の写真くらい飾ってあると思っていた。子供部屋の内装をインテリア・デザイナーに頼んだのも納得できる。華美で堅苦しい城の中で過ごしてきたせいだろう、家庭に関して、彼には思い返して参照できるだけの雑多な知識が欠けている。とはいえ、オータム・カラーの布を配して木材や石材の冷たさをやわらげる配慮はしてあるし、置かれた家具は見栄えより使いやすさが優先されたものばかりだ。

　廊下に通じるドアをすべて閉めると、リュシアンは淡い金色のカーテンを引いて、風の強い夜の景色を締め出した。「座って」燃え盛る火の両側に置かれた灰褐色のソファのひとつを指し示す。

　ソファより炎に心が引かれ、タラは暖炉のすぐ前に膝をついた。凍った体はそう簡単には温まりそうにない。何分かが過ぎたとき、タラを散歩へと向かわせたもともとの思考が、意識の表層に戻ってきた。

「もし私がゲートハウスに泊まると言ったら、どうする？」振り返らずにたずねた。

　ソファに座りなおす気配があった。彼は興味を持ったようだった。「僕はうれしいが」慎重な答え方から、続きがあると見抜いているのがわかる。

「フェランボーからはまだ帰れそうにないわ。少なくとも、養子縁組の細々とした問題がすべて解決するまでは」

「続けて……」

「もしゲートハウスに泊まるとなったら、それなりの家賃を払わせてほしいの」

リュシアンは眉根を寄せた。「君は客だ」

「私が払いたいと言っても？」

「だめだ」彼はにべもなかった。

「じゃあ、どうしたらいいの？」電話の件を思い返した。リュシアンの許可がなければ、小さな部屋を借りることもできない。「もう知っているんでしょう？」

「君が部屋を借りようとしたことかな？」

「あなたの耳に入らないことはないみたいね」

沈黙が返ってきた。

「だったら、あなたの副署が必要なのもわかるでしょう。でないと、私はどんな部屋も――」

「改革の及ばない点がまだ多いんだ」

「それで、サインはしてくれるの？」

「君がみじめに暮らせるようにかい？　意味がないだろう」

皮肉だとタラは思った。フライアなら心の中で、〝しめた〟と小躍りしている。「そういうあなたの提案は？」

「君はわかっている……」

だめ！　心が強い拒否反応を示した。うまくいくはずないわ。タラは上ってくる悲しみに無理やりふたをした。だめよ、何があってもリュシアンの望みには従えない。

「愛人になれというの？　ゲートハウスに住めと？　用があるときは便利だから？　フライアという先例があるのよ。私が何も学んでこなかったと思う？」

「一生フライアの影を踏んで歩くことはないさ。抜け出すかどうかは君しだいだ」

「言うのは簡単だわ。あなたの言うとおりにしても、あなた自身は何も犠牲にせずにすむ――」

「ほかにどんな方法がある？　考えを聞かせてもら

おうか」

じっと見据えられ、切ない夢を引きずるのもここまでだと悟った。リュシアンとポピーと三人でずっと暮らすなんて、現実離れの想像もいいところだ。そろそろ現実に目を向けたほうがいい。

私は心からリュシアンを愛している。彼が好き。死ぬまで彼やポピーと一緒にいたい。なのにリュシアンは、許せるのはほんのまねごとだけだという。とはいえ、流されるままに生きるのはもう終わりだ。

「あなたは何様なの？　いつからそこまで残酷になったの？」彼の中で何かの糸がぷつりと切れたのがわかり、タラは思わずたじろいだ。

「本当に知りたいか？」冷たい声がきく。

「知りたいわ」

タラは身じろぎひとつせずに待った。

「僕は私生児だ。先代のフェランボー伯爵が外で作った子だよ。これで満足かい？」

皮肉たっぷりの冷たい笑み。タラは満足とはかけ離れた心境で表情を引き締め、彼が話す気でいるのならすべてを聞こうと心に決めた。「お城で育ったと思っていたけど、違ったの？」

「違う」リュシアンは早口になっていた。しつこく責められて感情の扉があいたのをごまかすためだろうと、たぎった瞳を見返しながらタラは思った。

「育ったのは貧民街だ。母は僕より、援助してくれる金持ちを大事にしていた。哀れみはいらない。おかげで僕はこういう人間に成長したよ」

乾いた短い笑い声があがり、タラは内心たじろいだ。「知らなかったわ」静かに言った。

「僕が伯爵に見捨てられた子だということをか？　そう、見捨てられていたんだ。正当な息子が爵位を継ぐのを拒否するまでね――」

彼が冷酷な理由がやっとわかった。感情を表に出しても拒絶されるだけ。子供のころの彼は心底おびえていたことだろう。タラは子供時代のリュシアンに同情した。そして今の彼は、彼にとっては助ける理由もない人たちから受け継いだ義務によって、一生行動を縛られる立場にある。

「フェランボーは僕にとってのすべてなんだ」

言われるまでもなかった。理由も明白だ。

「フェランボーの人たちはあなたを必要としているわ」単純な事実を口にした。

「ああ……そして僕は君を必要としている」

タラは彼を見た。今の言葉を永久に、繰り返し頭の中で再生させていたかった。

「僕とフェランボーで暮らしてほしい」

浅黒くりりしい顔をじっと見つめた。両方の腕をつかまれ、甘い震えが体を駆けた。ずっと求めていた言葉だった。でも、期待するだけむなしいのはわかっている。

「愛人として?」口はからからで、喉は締めつけられたよう。胸を切り裂かれる思いで彼を見上げた。

リュシアンはタラの顔から目をそらさなかった。次に口を開いたとき、彼は誤解の生まれる隙《すき》を与えない、低いきっぱりとした口調で話した。「結婚するとすれば、それはこの土地の繁栄のためだ」

「私には財産もないものね……」

リュシアンは答えなかった。答える必要はない。たずねるほうがどうかしていた。彼はタラを守ってくれる戦士だ。タラが崇拝する男性だ。愛に値段をつけるのはおかしい。リュシアンの及ぼす力は絶大で、押しとどめるには意志の力を総動員しなければならなかった。そして彼は王国の支配者。少なくとも今はまだひとりで頑張ってもらうしかない。

「無理だわ……」タラの声はほとんどつぶやきに近かった。「あなたのことは命に代えてもいいくらい愛している。でも、これだけはだめなの。だから、ごめんなさい。ノーと言うしかないわ」

13

「どこに行く？　何をするつもりだ？　ポピーはどうする？」

「すべてはあなたが賃貸契約にサインしてくれるかどうかにかかっているわ」タラは動じなかった。「もちろん、ポピーには毎日会いにきます。何があっても、それだけは変わらない」

　リュシアンは感心するだけではない、別の感情をタラに対して抱きはじめていた。だが、そろそろ現実を見つめるべきときだ。「どうやって生計を？」

「もちろん働くわ」彼女は顔をしかめた。

　瞳の力強い輝きを見ても、本気なのは疑いようがなかった。赤みがかった金髪は、夜の冒険からずっと乱れたままだ。緊迫した状況なのに、頑固そうな彼女の顎に目がとまると、思わず頬が緩みかけた。

　だが、リュシアンが望んでいるのはこんな状況ではなかった。彼女の小さな足を手で温めてやりたかった。彼女をシルクやサテンで着飾らせたかった。キスをしたときには幸せそうに笑ってほしい。いくらでもわがままを聞いてやりたいし、彼女にふさわしい生活を送らせてやりたい。どんな場面においても――名前だけは別にして――本当の伯爵夫人のように接してやりたい。

　どう頑張っても押し問答だとタラは思った。貧しい生まれで、苦労して頂点まで上りつめたのだろうが、男女の役割についてリュシアンは保守的な考え方しかできずにいる。それに、守ってもらえると思えばうれしいが、閉じこめられると思えば話は違ってくる。彼の判断を基準に指示が下されるような場所では暮らしていけない。城で見る背丈ほどの壁の内側にも、たとえばここのようなくつろげる部屋は作れるし、いっぽうで同じ壁が牢獄《ろうごく》の壁になったりもする。どちらに転ぶかは中に住む人しだい。そして、その人たちが互いに尊敬し合えるかどうかにかかっている。

フェランボーはリュシアンのふるさとであり聖域だ。タラにとってもふるさとになるかもしれない。だがそれは、誰の世話にもならず、好きなように暮らす自由を認めてもらったときだ。

炎の色に染まった体、うねる髪が顔の周囲を金色の雲のように縁どっている。これほどかわいい女性をリュシアンは見たことがなかった。彼女はまた、これは確実に、この世でいちばん腹立たしい女性でもある。無邪気だった彼女をついつい懐かしんでしまい、そうではない、彼女が変わった原因の大半は自分にあるのだと思いなおした。人にどんな能力があるかは、試練にさらされてこそわかる。そしてタラは試練にさらされたのだ。

温かい飲みものを用意させてソファで話をしているうちに、張りつめた空気はほぐれ、夜はどんどんふけていった。子供時代の話をもっと聞かせてほしいと、リュシアンはタラに頼んだ。あたりまえだが、彼女は楽しい話しかしなかった。だが以前読んだ報告書で、実態はかなり違っていたことをリュシアンは知っている。タラが愛情たっぷりに話す美しい姉の逸話は、実際まったくぴんとこず、結局彼女の言う子供時代とは、苦難に耐えるために作ったおとぎ話がほとんどなのだと考えざるをえなかった。

リュシアン自身、フライアを尊敬する気持ちはない。ただ、タラが見せる姉への忠誠心は尊敬に値すると感じていた。小さな姉と妹は、みじめな暮らしの中で無理にでも楽しみを見つけ出した。それは努力のたまものだ。大人になってからのフライアの生き方には決して賛同できないが、タラがなぜ姉を慕っているかは、前よりもいくぶん理解できるようになった。はしゃいだ会話をしていても悲しみは隠せない。リュシアンがそう気づいたのは、彼女が話を終えてひと息ついたときだった。

「さみしいんだね」

彼女はあふれそうな涙をさっとぬぐい、感情をのみ下した。「ごめんなさい……」

「ばかな……」リュシアンは自分のきれいなハンカチを手わたした。「誰かのことが大好きだった話をして、それであやまるのはおかしい」

「わかったみたいな口ぶりだけど？」鼻をすすりながら、悲しげな顔でリュシアンを見つめる。

「僕だって進歩するさ……」

「聞いてくれてありがとう」

「聞かない選択肢はあったのかな？」リュシアンはからかいながら前のめりになり、涙を追い払おうと、彼女の髪を払ってキスをした。返ってきた微笑《ほほえ》みに心がじんわりと温かくなる。彼女の顔を手で包んだ。

「君を泣かせるつもりじゃなかった」

「悲しみがまだ癒《い》えないの。姉は個性の強い人だったから、ぽっかり穴があいたみたいで――」手を心臓の上に置き、あとの言葉を続けられずにいる。何も聞く必要はなかった。リュシアンもギイに死なれて同じ気持ちだった。ギイが死んだあと、いや、今までずっと、彼はこういう感情を封印してきた。だがこうしてタラと話をしただけで、心のどこかが解き放たれたようだった。

「おいで」優しく言って彼女を抱き寄せた。

「リュシアン？」

かすかな声で問いかけられ、彼女が顔を上げたその瞬間、この女性のためなら自分はなんでもしようとリュシアンは思った。「なんだい？」頭のてっぺんにそっとキスをした。

「今夜は一緒にいてもいい？」

そう、彼女の要求はささいなものでしかない。タラは甘いうずきが広がっていくのを感じていた。ベッドに横たえられるときにはリュシアンから手を離さず、そのため彼がすぐにおおいかぶさってきて、身をくねらせるタラに熱く性急なキスをしかけてきた。とろけるようなひとときは、つらいひとときでもあった。自立への道が見えたと同時に、城を――ほんのわずかでも彼との暮らしを楽しんだこの場所を去るのだと実感させられたから。

暗い気分を追いやるように、両手を彼のシャツの襟元から差し入れた。彼の背中の感触にぞくぞくする。とてもなめらかで、とてもたくましい。

「ずいぶんと真面目《まじめ》な顔ね」リュシアンが体を引いてじっと見つめてくると、タラはからかった。

「僕には変えられないこともある」まなざしの奥に暗い影がよぎっていた。

何を言いたいかはわかった。タラも同じように感じていたから。けれど、そのうち互いへの思いが噴出した。目と目で意志を確認し合い、次の瞬間には笑いながら互いの服に手をかけていた。タラは息が詰まるほど荒々しく組み伏せられた。

「愛しているわ」小さなつぶやきは、実際声に出たのか、彼の耳に届いたのかどうかもわからなかった。

進んで両手を上げると、リュシアンが手首を押さえ、もどかしげに服をまくっていった。

あらわになった胸を見つめる彼の口から、満足の声が低くもれた。大きくて形のいい自分の胸に、今ほど感謝したときはなかった。やわらかくて、ふっくらと丸くて、先端が硬いキャンディのようになって彼を誘っている。「気に入った？」

「好きだよ……」深いもの思いから引き戻されたかのように、リュシアンは一度間を置いた。「大好きな胸だ」熱っぽく断言した。

もう何も聞こえなかった。タラは胸のうずきを持てあまして体を跳ね上げた。「ああ、そうよ……」先端を吸われると快感がわき上がり、彼の髪に手を入れて頭を引きつけた。魔法のように動く彼の手に、もはや逆らうことはできない。「ずるいわ。あなただけ服を着たままなんて」

「そう思うなら、どうにかするといい」わざとらしい落ち着きを見せて言う。

タラはベルトのバックルに手をかけたが、リュシアンのほうが先にベルトを引き抜いて、床にできた服の山にそれをほうった。まだ足りない。もっと感じさせてほしい。熱い肌を合わせたかった。なめらかな肌でざらついた彼の胸を感じたい。広くてたくましい胸には黒い毛が陰を作っていた。

「まだ僕が怖いかい？」

怖い？　リュシアンのことは怖くない。怖いのは彼のいない未来を想像することだ。「あなたには羞《しゅう》恥《ち》心《しん》ってものがないのね」いやな想像から意識をそらそうとして言った。

「あったほうがいいのか？　君の前で？」

答える代わりに枕《まくら》に頭を戻した。「抱いて」

リュシアンは顔をはさんで熱いキスをしてきた。この世で誰よりかわいがられる女性になった気がした。彼との時間が今夜しかないのなら、飽きるくらいに楽しんでおきたい。

タラがこの物件を手にして一週間。彼女がドアに鍵《かぎ》を差している隣で、リュシアンは苦い顔になっていた。彼女は連日、城に通ってポピーと過ごした。リュシアンがサインをすませたのは、打ち捨てられたとしか見えない建物の賃貸契約だった。最初に一《いち》瞥《べつ》したときは、使用中止を命じて打ち壊そうかと思ったが、タラに説得されて思いとどまった。ささやかな住まいは商業中心地の外れにある。職人の小規模な組合や専門業者の多い区域だ。こういうところが落ち着くのだとタラは言った。二階に住み、一階では幼児保育の仲介をするオフィスを開くという。

　今、彼女は自分の楽園を披露しようとして、興奮に頬を染めていたが、リュシアンのほうは、すでにいくつもの救出作戦、すなわち、タラに現在の計画をそっくりあきらめさせ、プライドを傷つけることなく自分のもとに引き戻す方法を、あれこれ思いめぐらせていた。

「あの両側の窓、板が打ちつけてあるじゃないか」タラの身の安全が心配だった。ところが彼女は聞いてもいない。

「気に入ってもらえるといいんだけど――」

　腐ったドア枠につまずきそうになるタラの手をあわててつかんだ彼には、答えようがなかった。

「修理すれば立派になるわ」タラは自信満々だった。

「まずはドアからだな」冷ややかに言った。

「手配はできてるの。頼める人も見つかって――」

「誰を見つけたって？」リュシアンは顔をしかめた。顎の筋肉がぴくりと動いた。「修理なら僕がやる」

「やってくれるの？」うれしげに言う。それがなんとも甘ったるい声で、もしかして最初からそのつもりだったのかと、リュシアンはいぶかった。

「ありがとう、リュシアン。道具はあるから――」

　じろりと見ると彼女は黙った。

「早くやったほうがいいでしょう？」先に立って階段を上っていく。「あなたは忙しい身だもの」

　タラのためなら時間は作れる。いつの間にかそんな気持ちになっていた。彼女がここに移ってからはとくにそう思う。

「心配しないで。ポピーが遊べるようにしたいし、裏庭は最優先で片づけるつもりよ。あの子が歩き出すころには、余裕できれいになっているわ」

「リズは？　彼女はどこで寝るんだ？」

「ポピーと一緒に、まだしばらくお城に置いてもらえるのなら――」

　この彼女の美しさはどうだろう。将来を語る彼女は生き生きとして見える。顔立ちは変わらないのに、記者会見をした緊張の第一日目から始まって、内面のほうはまさに想像を絶する成長ぶりだ。

「正直いって、ここをちゃんとした家にするのに、そんなに時間はかからないと思うわ」

　階段を上ると、だだっ広いスペースになっていた。そこでリュシアンが感じたのは、タラは興奮のあまり間違いなく目がくもっているということだった。どう想像力を働かせれば、裸電球ひとつしかない朽ちた部屋をくつろぎの場所にできるのか。ここから見えるのは、物置のような狭いキッチンに、小汚いバスルーム。ペンキがはがれかけていない場所はひとつもなく、蛇口は水もれがしている。

「あの水道にいらいらしないのか？」

「一緒に修理できると助かる……のだけど」期待のこもったまなざしで見つめてくる。

「できないことはない」しぶしぶ承知した。リュシアン自身、修理修復にかけてはうるさいが、それでも仕上がらないうちから現場で寝泊りはしない。今この瞬間にもタラを抱え上げて、門番小屋《ゲートハウス》に住まわせたかった。あそこならじめじめもしないし、隙間《すきま》風《かぜ》も入らない。ペンキがはがれていることもなく、バスルームには最新の水道設備が整っている。

「それで、どう？　あなたの感想は？」タラはくるりと一回転しながら夢を語りはじめた。「ベッドはここ、で、テーブルはあっちね――」

「タラ――」顔をしかめて説明をさえぎった。「ここに住んでいてはだめだ」

「どうして？」

「とり壊して当然の建物じゃないか」

「あなたの教会みたいに？」

　リュシアンは表情を引き締めた。そしてタラも。

「私のビジネスが軌道に乗れば――」

「ビジネス？」冷静さを自分に強いた。計画を語るだけで太陽のように顔を輝かせている彼女から、どうやってその夢をとり上げればいい？

「だから、幼児保育の仲介よ。オフィスを開くのにまた副署がいるわ。いつになったらこういう時代遅れの法律を変えてくれるの、リュシアン？」

「一朝一夕にできることじゃない」壁のペンキをぴりりとはがすと、漆喰《しっくい》の塊がついてきた。

「ちょっと、壊さないで――」

彼女を見つめてにやりと笑った。「よければ、解体してやってもいいぞ」

「よくないわ。私の部屋よ、ほうっておいて。ポピーがもう少し大きくなったら――仕事のほうも彼女の成長に合わせて軌道にのせたいところだけれど、そのときは一階全部を事務所にしようと思うの。そして二階はプライベート・スペース。ポピーをここで遊ばせてもいいし、一緒に料理だって――」

「そこのキッチンでかい？」

「まあ見ていて。そのうち驚かせてあげるから」

根拠はないが、驚く予感はしなかった。

「それと、見て」

「見てって、どこをだ？」

「ほらっ！」タラは薄汚いアルコーブの前で両手をつき出した。

「それが？」もはや想像力の限界に近かった。

「わからない？　デスクを置くのにぴったりな場所よ。仕事しながらでもポピーの様子を見ていられる。ロンドンよりずっといいわ。あそこだと誰かに彼女の面倒を見てもらう必要があったもの」

「だが、ポピーは僕と暮らすんだぞ」

「ときどきはここにも泊まらせます。あの子は私の姪《めい》なのよ」

「小さな子を同じ部屋に置いて仕事をするのか？」

「そういうシングル・マザーはたくさんいるわ。私も頑張るつもり」自信は揺るがない。

「君は頑張らなくていいんだ」リュシアンは根気よく説いて聞かせた。「それに、機能的なオフィスに住居、完成させるのにどれだけの資金がいると思っている？」

「少しは蓄えがあるわ。私だってまったくお金がないわけじゃないのよ」

「金がないとは思わないが――」

「何？　あ、わかった。お城とは比較にならない質素な住まいに、フェランボー伯爵の姪を泊まらせるなんてもってのほかだ。そう思ってるのね？」

「そうは言っていない」

「言わなくてもわかるわ。でもね、ポピーには違う世界を見せることも大事だと私は思ってるの」

「みすぼらしい世界をか？」

「現実の世界をよ。そこでは何ごとも自分で決めなくてはならない。間違ったことをしても、さっと尻ぬぐいをしてくれる人なんていない。みんな身の丈に合った暮らし方を覚えていく――」

「だからといって、ここでなくてもいいだろう。ゲートハウスでも充分同じことはできる」

「この地区に住もうとしている人はほかにもいるのよ。何世代も住みつづけている人だっている。その人たちなら窓を板でふさいでいても平気なの？　私たちが地区の再生にとりかからなければ、みんな今のままだわ。教会も大事だけれど、住んでいる人だって同じように大事なのよ」

「その教会を使うのは誰なんだろう？」

「そうね。お互い意固地になりすぎたみたい」

リュシアンは返答を差し控えた。「君の見つけた解決法は理想的とは言えないな」

「もっといい解決法が？」

リュシアンは口元をゆがめた。「ゲートハウス」

「あなたは自分で言ったわ。ゼロからの出発だったって。実力を証明する同じチャンスを、私には認めてくれないの？　私じゃ無理だというの？」

片足に体重をかけながら、リュシアンは彼女をにらんだ。両手の親指をジーンズのベルト通しに引っかけたときだった。ふと気づけば、彼女は頬を染めてよからぬ場所に視線を置いている。もうひとつ、彼女が立っているのはひび割れた窓の前だ。最初から見せまいとする意図があったらしい。リュシアンが心を決めたのは、たぶんこのせいだったろう。

「必要なものを書いたリストをくれ」

「リスト？」彼女は魅力的に顔をしかめた。

「ペンと紙で――ほら、リストだよ。君の計画を成功させるために何が必要かときいているんだ」

彼女はぱっと顔を輝かせた。「ここにいたい私の気持ちをわかってくれたのね」

「あと一週間猶予をやろう」

14

リュシアンが成果を見にくるまでの一週間は、それはもう目のまわる忙しさで、そんな折も折、タラはいきなりうれしい驚きに見舞われた。

「マリアン・ディグビー！」ドアをあけると、学生時代の友人が立っていた。「来てくれると思っていたわ」全カレッジ共通の学生食堂で知り合った友人の中でも、彼女は歴史的建造物を専門にする一風変わった講師で、タラの大のお気に入りだった。

抱き合ってあいさつを交わしたあと、実は先に城を見てきたとマリアンが言い出した。「我慢できなくって」小さな明るい目をきらめかせて白状する。庭をぶらぶら歩いているところをリュシアンに見つかり、彼の手配で運転手にここまで送り届けてもらったとか。「すばらしい建物ね」

彼女はポケットから出したほこり払い用の布で鼻をふき、漆喰《しっくい》の粉を散らしながら四方の壁を調べはじめた。当人はハンカチを使っているつもりのようで、気づいたタラはあわててティッシュを彼女の手に押しこんだ。

「こんなうれしい機会はめったにないわ」つぶやくマリアンは、それにまったく気づいていない。「フエランボーには、すばらしい建造物が本当にたくさん……。これって十三世紀に包囲攻撃で使われていた石？」人にたずねている口調ではなかった。部屋を歩きながらひとりの世界に没入し、タラがそばにいるのも忘れている。

「よく知らないけど」古い工芸品を丹念に調べている彼女に向かって答えた。

「面白いものがあるからぜひ見にきてほしい。電話でそう言われたときには、何かと思ったわ」さっと顔を振り向け、鋭いまなざしでタラを見つめる。

「もしかしてあなたと伯爵は――」

「違う、違うわよ。ぜんぜん違う」強く否定しながら、真剣な表情を作ろうとした。「伯爵についての専門的意見を聞くために、わざわざこんな遠くまであなたを呼んだりしません」

「それは残念」年上の友人は目を輝かせた。

二度目の訪問にリュシアンは料理を持参した。タラに昼食を作ってもらえるほど部屋が様変わりしているとは、とても思えなかった。

彼女はすぐに成果を見せようとした。

「いくらかは変わったわよ」最初にタラは言った。

「変わっていなければ、むしろそのほうが驚きだ」そっけなく言い、彼女について二階に上がった。

いくらかは、と言っていたか？

職人の手を借りたといっても、彼女がこの一週間で作り出した変化は、まさに奇跡だった。

豪華な模様のついた飾り布が、漆喰の塗りなおされた壁にかかっている。裸電球があった場所には美しい電灯。色合いのそろったテーブルランプは、どれも毛足の長い絨毯《じゆうたん》と調和していた。床は磨きをかけたうえに、新しくつや出しが施されているようだ。ソファの背には気持ちよさそうな布がかかっている。ふたつのソファは低いテーブルをはさむ形で石造りの大きな暖炉の前に置かれ、そこにはまた、好奇心旺盛《おうせい》な子供を火から守るための、きらきらした真鍮《しんちゅう》製の囲いも設置されていた。

マントルピースの上に目をやれば、早くもポピーの写真が数枚飾られている。背の高いサッシ窓があり、下枠にずらりと並んだみずみずしい植物が、色彩豊かな地元の陶器とともに注目を競い合っている。

「すばらしいよ」リュシアンは度肝を抜かれた。

「気に入ってもらえてよかった」愛らしい微笑《ほほえ》み。

荒廃したスペースはタラの手で居住空間へと生まれ変わった。しかし、金はどうしたのか？「いったい――」先まで言わずとも、タラにはすっかりお見通しだった。

「ある人にはごみでも別の人には宝になる。今度始める保育業務について意見調査をしていたときにひらめいたの。中古品の露店を出そうって。売り上げは運営費に組みこんで、この先必要になるこまごまとした物品を購入する」

「市場に出すような露店か？」彼女が力強くうなずくので、リュシアンは笑ってしまった。「脱帽だよ、タラ・デヴェニッシュ。君はきっと大物になる」

「そんな、現実家なだけよ」

意外にも、タラはごちそうを準備してくれていた。持ってきたバスケットの料理はむだになったが、リュシアンは言葉にできない感動を覚えた。キッチンは相変わらず狭いままだが、彼女はすべての料理を涼しい一階で保存していたのだ。加えて彼女は、小型のオーブンでケーキまで焼いてくれた。

「持ってきた料理は置いていって。そしたら、あなたはきっとまたここに戻ってくれる」タラは恥ずかしそうに言った。

「戻ってくるよ」

少し前であればこの言葉をきっかけにキスをしているところだったが、今は何かが変わっていた。一からやりなおす気分といえばいいのか。この感覚を手放さずに、何が起こるか見届けたかった。タラは最初に思っていたよりはるかに立派な女性だ。今になってようやく、リュシアンは自分のおかした大きな間違いに気づきはじめていた。

「ミズ・ディグビーと話をしたよ」

「どう思った？」いたずらっぽく瞳を光らせる。ふたりで席を立ち、一緒に皿洗いにかかった。

「あの熱心さには驚くが、聡明《そうめい》で――」

「彼女は常人の枠を超えた天才なの」

「まあ、そうだな」

「ゴシック建築が専門なのよ。パリのノートルダム寺院からも意見を求められるくらい。彼女だったら、ここの教会の修復を考えてるあなたにとって、まさにぴったりな助《すけ》っ人《と》じゃないかと思って……」

「本当にそうだ。感謝するよ」タラには今まで何も与えてこなかった。邪険に扱いもした。なのに彼女はずっと僕の心配をしていたのか。感動が深まり、同時に下腹部の圧迫感をのがす必要にせまられて、リュシアンは姿勢を変えた。「教会からまっすぐここに来たのが間違いだった。ちゃんとした服装でなくてすまない」すり切れたジーンズを示した。ベルトは職人用の頑丈なもの、シャツのほうは破れ目があるうえに色あせている。見苦しい無精髭《ひげ》と合わせれば、伯爵というより海賊だろう。「あの女性には妥協を許さない厳しさがある」

「あなたならうまくやれるわ」彼女は見てはいけない場所からわざとらしく視線を外していた。

「ああ、頑張るよ」下腹部の苦しさを解放したかった――彼女を抱きたい。

　タラには本当にたくさんの美点がある。部屋のこともそうだが、リュシアンがもっとも感心したのは、決して自分を堕落させない芯《しん》の強さだった。

　一緒にいれば、お互いすぐに体に火がつく。彼女にとっては、リュシアンの提案どおりゲートハウスに移るのが何より楽な選択だった。あそこなら昼でも夜でも熱い欲求を満足させられる。彼女の強さをどうして尊敬せずにいられるだろう。彼女はかよわくて、純粋で、美しい。なのにここではっきり証明してくれたとおり、自立してひとりでなんでもこなせる能力がある。どうして敬意を払わずにいられるだろう。しかも、思いやり深くて頭脳は明晰《めいせき》……。

　今僕は、伯爵夫人になる条件を並べたのか？　仮にそうだとして、もう今では遅すぎるのか？

「部屋は気に入ったのね？」タラがたずねた。

「まだ何も言っていないぞ」

　視線がリュシアンの唇をとらえる。

「もう君が何をしても驚かないよ、タラ」

　彼女はすぐさま確かめにかかった。背伸びをしてリュシアンの首に両手をかけ、自分のほうに引き寄せながら、青い目を大きく見開く。「私と離れていて、どれくらいさびしかった？」

　今の状況で言葉は不要だ。ふたりのほかは誰もいない。求める気持ちは共通している。ボタンが飛び、ジッパーが大きな音をたて、ベルトは床へ落ちた。リュシアンはたまった服を脇《わき》に蹴《け》ると、タラを抱え上げた。ソファに行き着くやいなや、ふたりは熱い欲望に身を投じた。

　服をまくられ、下着をとられ、息つく間もないまま、気づけばリュシアンの腰に脚をまきつけていた。実際、タラは今、息ができなかった。ああ、私はこんなにも彼を愛してしまった……。

「リュシアン……」彼の体にしがみついた。いつもそうだが、今大事なのはこの瞬間だけだ。

　タラがようやく静かになると、リュシアンは彼女の体を優しく腕に包んだ。「激しい者同士だな」

「いつかは燃えつきてしまうのかしら？」

「僕はそうは思わない」リュシアンは満足を声に表し、舌を使って彼女の唇をからかった。髪をまさぐり、いっとき甘い時間を楽しむと、腰を進めた。

「リュシアン、待って……。私たちにはしなければならないことがたくさんあるのよ」

「まったくだ」もう一度彼女の腿を割った。

「会いたかったわ」荒い息づかいでタラがささやき、リュシアンの体にしっかと腕をまわしてきた。

「僕も会いたかった」

　彼はタラを上にしてリズミカルに彼女を揺らした。再び高みへと追いやり、興奮のただ中でしっかりと体を重ねる。すばらしい感覚だった。温かくてみずみずしい彼女の感触。こんな彼女は初めてだった。タラが名前を呼んで荒々しくしがみついてきても、押し戻しはしなかった。落ち着くまで腕の中で揺らしつづけ、彼女の体がほどけたと思ったとき、その目には涙が光っていた。

「なんの涙だい？」リュシアンは優しくたずね、ふっくらした唇にキスを繰り返した。

「なんでもないわ。ただずっと情緒不安定で……」

「妊娠、じゃないよね？」リュシアンは笑った。

「ばかを言わないで」キスの下で彼女の頬が真っ赤に染まった。

　なんとか元気を分けてやりたかった。想像をはるかに超える働きをして、実力を示してきた彼女だ。今のような混乱した姿を見ているのは耐えられない。

「僕のせいなのか？」

「違うわ」また涙をあふれさせる。

「じゃあ、何？」

「わからないの」タラは泣きながら言った。「お願い、抱いて。そして忘れて……」

忘れる？　タラを？　それは僕が一度はやろうとしていたことではなかったか？

薪《まき》のはぜる音を聞きながら彼に抱かれているとき、タラは自分の良識が休眠しているのに気づいていた。寝る間も惜しんで部屋の修復をした日々はむだではなかったと、今わかるのはそのことだけ。体はぐったり疲れている。だから泣いたりしたのだ。

部屋のできばえは完璧《かんぺき》だった。夢に見てきた雰囲気がそっくり現実になって、そばにはどんな望みにもこたえてくれるリュシアンがいる。こうなると次の段階まで進み、今が永久に続くと思いこむのは簡単だった。


「あなたは世界の誰よりセクシーな男性だわ」キスの合間をついてささやいた。「愛してる」

ふたりは穏やかな満足感に包まれて軽い食事をとり、唇を重ね、リュシアンの持参したシャンパンを飲んで静かに言葉を交わし合った。今以上の幸せというものをリュシアンは想像できず、また、今の幸せが壊れることも想像できなかった。

「それは満足のため息ね」タラが言った。

「君のためにもうれしいんだ。こんな結果になってよかったと思うよ。君がフェランボーに生活の拠点をかまえてくれたから――」

「ポピーはなんの支障もなく育っていけるわ」

彼女にさえぎられたが、本当は、タラがここに住んでくれたら町の再生の喜びを共有できるし、それにリュシアン自身もうれしいのだと言いたかった。

優しい言葉も、考える内容も、行動も、彼女の場合は他人ばかりが対象だ。リュシアンは彼女の目にかかっていた髪を払った。瞳の奥で光が揺らいだ。あなたとの関係についてはもっと多くを望みたいし、その気持ちはこれからも変わらないわと瞳の光が告げている。だが彼女は不満を口にせず、ただなぐさめるようにリュシアンの手に自分の手を重ねてきた。

「花は植えられた場所で咲くものだわ」

軽い口調で言ったのは、運命に甘んじるつもりだからか。そのとき、冷たい隙間風《すきまかぜ》が吹いて、彼女は身を震わせた。あたかも、彼女の耳に運命が何かをささやきかけたかのようだった。

突風をきっかけに、リュシアンは自分に解決できる現実的な問題に意識を向けた。「あの窓は、忘れずに修理するよ」

「今はよして」タラはリュシアンの顎に手をかけて、彼の注意を自分に引き戻した。

「ああ」リュシアンはきれいなターコイズ・ブルーの瞳を見つめた。今は彼女を抱いていたかった。

15

朝からずっと気分がすぐれず、そこにもってきて今度はめまいだ。リュシアンに作ってあげた料理がいけなかったのだろうか。青くなっていたタラだが、自分をごまかすのはよそうと考えなおした。

洗面台の縁をつかみ、めまいが去るのを待つ間に、思いつく可能性をじっくりと検討した。リュシアンが具合を悪くしたなら今ごろは連絡が来ているはずよ。それに、自分の体が変化している事実は否めなかった。胸は張っている感じだし、感情の乱れも激しい。子供ができたのだ。愛情と不安とがいちどきにふくれ上がって、タラはつやつや光る冷たい洗面台をじっと見下ろしながら、手足の震えを気力で止めようとした。

　動揺しているだけでは何も解決しない。考えなければ。リュシアンは朝早く城に戻った。わかっている、これが今後も続く現実だ。タラはひとりの生活を続け、伯爵はここに通ってくる。もちろん堂々とは通えない。それでも、時間がたてば住民の間に既成事実として受け入れられる。タラはフェランボーのために一生懸命働くつもりだった。ほかの家庭とは状況が違っても、ポピーの手本となれるよう努力して周囲に認められたいと思っている。

　気分が落ち着いたところでシャワーを浴び、こざっぱりした服に着替えて外に出た。賭《か》けに出ようにもことがことだし、まずは確信を得たかった。

　うつむいて自分の問題に集中できれば楽だったが、道々いろんな人に声をかけられては、そうもいかない。フェランボーには目標を共有する雰囲気があった。保育の分野でのサービス提供を考えるのはもちろん、個人で部屋の修復をしたりと、タラも自らそこに身を投じている。やる気を示したことで短期間に多くの友人ができたのはよかったが、今は彼らにがっかりされそうで怖かった。いちばんの懸念は、タラが巧妙に妊娠を仕組んで自分たちの伯爵様を罠《わな》にかけたと思われることだ。

　リュシアンも同じように考えるかしら？

　薬屋に入り、ドアの上部についたベルがちりんとなったときには、身のすくむ思いだった。店員や、居合わせた客みんながにこやかにあいさつしてくれたが、タラはこの地に来て初めて気まずさを感じ、自分にそんな好意を受ける価値があるのかととまどった。ホルモンが過剰になっているせいよ。そう自分を納得させ、再び襲ってきためまいに耐えながら、奥まった場所にあるカウンターに向かった。

　なんとか買いものをすませると店を飛び出し、一目散に家に戻って検査をした。不安なのに信じられないくらい興奮しているのは、これが自分の身に起こった最高にすばらしい出来事でもあったからだ。

結果は陽性だった。タラの中で歓喜と不安とがせめぎ合った。ひとつだけ確かなのは、宿った命がもういとおしく思えているということ。この子はポピーのいい友達になれる。私はかわいいふたりの子供たちに愛情を注いであげられる。

でもリュシアンは？　心の声が問いかけた。彼はどう思うかしら？

彼にかぎらず、思うことはみな同じだろう。つまり、自立した女を気どっている女性が、今の時代にありがちなとんでもない間違いをおかした。でも、だからといって私は何かを変えたいの？　大事なのはその一点につきる。答えはノーだ。

誰がなんといってもノーだと思うと、目の前がぱっと明るくなった気がした。本当はずっとこうなりたいと望んでいたのかもしれない。タラはまだ平らな腹部を、感動を覚えつつそっとさすった。これから起こる現実的な問題にも、ほかの母親と同じように対処していこう。

冷たい水で顔を洗い、鏡の中の紅潮した顔をじっと見つめた。顔を見ただけでリュシアンは察するだろうか。薬屋の店主が誰にも何も言わないと考えるほど、タラは世間知らずではなかった。噂《うわさ》ほど早く広まるものはない。今すぐ彼に話さなくては。

外に出て、玄関ステップでリュシアンと鉢合わせしたときは、心臓が止まりそうなほど驚いた。

「君のそばにいたくてね」見つめられると、体中の細胞が彼を求めはじめた。不安と興奮とで胸がどきどきしている。心の整理をする時間くらいあると思っていた。城へは歩いていき、彼に会うころにはどう話すか段どりができ上がっているはずだった。

「入ってもいいかい？」

これまで読んだどんな本にも、妊娠に関係したホルモンと一緒にフェロモンが暴走するといった話は書いていなかった。体が熱く溶け出している。じれったくてたまらない。タラは襲いくる海賊に恥ずかしげもなく身をすり寄せた。今のリュシアンを見て耐えろというほうが無理だった。ぴっちりしたジーンズとカジュアルなシャツという作業着姿。魅力的な顔は粗い無精髭《ひげ》でおおわれている。

「髭をそっていないのね」穏やかにたしなめた。

「あとでそるよ」

原始の本能に近い欲求がつき上げてきて、懸命に自分を抑えた。「どうぞ、入って」

「忙しかったわけじゃないだろう？」彼はタラの顎を手で包むと、唇がわずかに触れるだけの、彼お得意のたまらなくもどかしいキスを繰り返した。

「忙しい？」指ですっと背中をなでられ、震えながら声を出した。

「鍵《かぎ》は僕に」ささやいたリュシアンは、タラの震える手から鍵をとった。「中に入ろう」

通りに出れば人がいる。早く話さなくちゃ……。

そう、話すのよ、中に戻ったらすぐに……。

広い部屋で向き合った。リュシアンは眠れる虎《とら》のごとくテーブルにもたれていた。彼が異国の言葉で何か言った。理解できたと思った。意味はわからなくても、胸の先が反応して硬くなった。

彼との距離はわずか一歩。タラは足を踏み出した。

抱きとめてくれる腕は、しかし、あまりに優しすぎた。甘い吐息をつき、力を抜いて身を預けた。まっすぐに見つめてくる瞳が、わかっているよ、僕を待っているんだろう、と語りかけてくる。

タラをじらすのは楽しかった。見ていると、彼女の顔に興奮と期待の色が徐々に広がっていく。手を引いて寝室に入り、慎重に服を脱がせた。最後の一枚を脱がせおえると、しばらく裸体を観賞した。

若くても、タラは成熟した女性だ。ヒップのラインにも、リュシアンをしっかり受け止める腿にも幼さは感じられない。胸は大きく、手にずっしりとした重量感を伝えてくる。やわらかな腹部をなでると、彼女の脚が少しずつ開き、リュシアンは彼女が熱くなっているのを肌で知った。

妊娠のせいだわ。タラは混乱した頭で考えた。リュシアンの愛撫《あいぶ》にこれほど体が反応するのは初めてだ。話さないと……今すぐに……。

もう一度だけよ、そうしたら話すわ……。

タラは震える息を吐いた。温かい手のひらが首から胸へと下り、そのままふくらみを包んできた。彼にもたれた。あと一度だけ……。

枕《まくら》の上で髪を振り乱すタラを見ながら、リュシアンは激しい要求にこたえようと、休むことなく愛撫に集中した。ゆっくりとした丁寧な愛撫。これまでの彼女はそうされるのを好んだが、今日の彼女は違っていた。別れて数時間しかたっていないというのに、必死になって先をせかしてくる。

今、タラはリュシアンの名を呼び、まるで快感の源を切り離してそこだけに集中したいかのように動きを止めた。リュシアンは彼女の腰をつかむと、時間をかけて攻め立てた。タラは襲いくる強烈な快感にしばらく翻弄《ほんろう》され、それでも間を置かずにまた次の高みへと上りはじめる。何時間かが過ぎ、再び彼女の体が弛緩《しかん》したのを感じたとき、リュシアンはそっとつながりを解いた。腕の中で、彼女が眠りに落ちていった。

ぐっすり寝入ったのを見て、これなら動いても大丈夫だと確信してから、シャワーを浴びるためにそばを離れた。浴びおえて体をふいているときだった。化粧品の並んでいる棚がなにげなく目にとまり、その瞬間、頭にあった疑問が一気に氷解した。

今日のタラは違っていた。いつもより甘くて、ふっくらしていて、豊潤だった。外見もそう、内側から光り輝いていた。リュシアンは冷たく硬い洗面台をつかみ、鏡に映った自分を見つめた。タラのおなかに自分の子供がいると思うとうれしかったが、ただ、蚊帳の外に置かれた点は引っかかった。

のけ者にされるのは子供のころから恐怖だった。父である伯爵は、愛人の産んだ子供に生活を乱されるといやな顔をし、愛人の注意がその子に向くと、輪をかけていやな様子だった。愛人本来の役目、すなわち自分とのつき合いがおろそかになるからだ。苦々しい思いが体を駆けた。昔と同じだ。今度はタラが、僕から子供を愛する機会を奪おうとしている。

「なぜ言ってくれなかった?」

「えっ……何?」まぶたが震え、眠りの底から意識がゆっくりと浮上した。あれだけ動いたあとだから、さすがに体は重い。けれど、長い長いトンネルのむこうからリュシアンが呼びかけているのは理解できた。

彼は同じ質問を尖《とが》った声で繰り返した。今度はタラも目をあけた。肘をついて半身を起こした彼がじっと見下ろしていた。

知られている。

胃に締めつけられるような感覚を覚えながら、彼の険しい表情を一心に読みとこうとした。

「妊娠したことをどうして僕に言わなかった? 僕を信頼していたんじゃなかったのか?」

「信頼しているわ。私だって気づいたばかりよ」

「いつ話すつもりだった? ああ、そうか」タラが答えるより先に、彼は硬い声を張り上げた。「僕に抱かれたあとでだ」

「やめて。そんな言い方――」

「恥ずかしいか?」

「リュシアン、お願い――」触れようとした手は振りほどかれた。「あなたに恥はかかせない。私はフェランボーを離れるから――」

「何を言っている？　ポピーはどうするんだ？」

はっとすると同時に、自分の愚かさがつくづくいやになった。「ポピーのそばは離れないわ。寝ぼけていたみたい……頭がまわってなくて」

「君は僕の子供を身ごもっているんだ。僕が黙ってフェランボーから出すと思っているなら、確かに頭がまわっていないな」

「私がそんなことをするとは思わないでしょう？」

ありえない話で、考えると気分が悪かった。

「だったら、なぜ僕には教えられないという態度だった？」見つめる視線が厳しい。「話せば縁を切られると思ったのか？　愛想をつかされると思ったのか？」怒りもあらわに問いかけてくる。

　タラの顔から血の気が引いた。どうして真実を言えるだろう。愛しているから、どんなことでもして守ってあげたいのだと、子供のころの苦しんだ記憶を、今また、自分の無垢《むく》な赤ん坊を通して追体験するようなまねはさせられないのだと。

「抱かれたのがそんなに恥ずかしいなら――」彼の吐き出す言葉には、さげすみがこもっていた。「僕は帰ったほうがよさそうだ」リュシアンはベッドを下りて服を拾った。

「帰らないで」玄関まで追いかけるつもりで体にシーツを巻いた。「あなたに迷惑はかけない。弁護士に相談して……きちんと解決するわ」

「解決？　何を解決する？」彼はゆっくりとタラに向きなおった。

「私の権利とか……あなたの権利とか……赤ん坊のこととか……」

「自分には金をもらう権利があると？」

「違う」ひどすぎる言い方にぎょっとした。

「それならはっきりさせておこう。ポピーはこの町を離れない。君もここに残る」

だが、今のタラの状態でこういう話はつらすぎた。きつく言いわたされた拍子に、意識が遠のきそうになった。リュシアンが手をつかみ、あわてて抱き寄せてくれる。「こんなことになるなんて……」彼の胸で声をくぐもらせたが、心配してくれたにしては、身を固くしてなんの反応も示してこない。

「妊娠を後悔しているのか？」強い口調だ。

「後悔なんて――」

「だったら、なんなんだ？」

「自分が情けないの」小さな声で告白した。「自立したいとか、人に頼りたくないとか言っていたのに……」リュシアンの腕が緩むと、今度はタラのほうがびくりとして身をこわばらせた。

「僕は君より少しは経験を重ねているが、その僕の記憶が確かなら、子供はひとりじゃ作れない」

「怒っていないの？」

「ああ、君が黙っていたのは腹立たしいよ。だが、子供ができたことは別だ。どうして僕が怒るんだ？　こんなすばらしいニュースがあると思うかい？」

「みっともないことになったと思っていない？」

「父親になることがか？」リュシアンは男らしい短い笑いを響かせた。「君の妊娠くらいで動じるような僕じゃないさ。それから、君と赤ん坊が暮らすなら、門番小屋《ゲートハウス》がいちばん理想的だよ」

体が凍りついた。都合のよすぎる展開だと、最初から疑ってかかるべきだった。「ゲートハウスには住まないわ」きっぱりと言った。

「どういう意味だ？」いまだ寛大な空気の中にいるリュシアンは、タラが真剣だと気づいていない。

「今はここが私の家……」タラは周囲を見まわしてからベッドに戻り、枕を抱いて背を丸めた。

「ここでは不充分だ」

貴族の子供にはふさわしくない？　タラは彼の言

葉をしばらく放置し、それから背筋を伸ばした。「この私が不充分だと言いたいんじゃないの？」

　リュシアンは顔をしかめた。

　タラは枕を置いて立ち上がった。「私が人生に求めるものは、あなたとは大きく違っているわ。私は大好きな人たちと楽しく過ごせればそれでいいの。ポピーや生まれてくる子のいい母親になりたい。フェランボーに残って、みんなと力を合わせて町を再生させたい。地位とか財産なんてどうだっていいの。私のほしいのは家族だわ」

「家族」リュシアンはつぶやいた。まるでタラが〝聖杯がほしい〟とでも言ったかのようだった。

「そうよ」彼の心を揺さぶる手がかりを見つけた気がした。しばらく待ってから近づいて、彼の顔に触れた。「ほしいのは家族だけ。その家族はまた、その土地のもっと大きな家族に守られているの」

　怒りが薄れていくのを感じながら、リュシアンは感情をごまかすために目をおおった。自分には過ぎた女性だ。タラはどこまでも誠実で、愛人や愛人の子を世話する偉大な伯爵がいなくても、充分ひとりでやっていける。男として、プライドの傷つくところではあった。だが、ふたり一緒なら……ふたりならどれだけの力が発揮できるだろう。

　義務のなんたるかを自分ははき違えていたようだ。この土地が求めるのは、型どおりの模範的な妻だと思っていた。しかしリュシアンとリュシアンが守る土地、双方にとって真に必要なのは、彼と同じように住民を愛し、その手を黒く汚すのをいとわない女性なのだ。フェランボーの近代化を考えているなら、寄り添う妻は現代的な感覚にあふれた人物でなければならない。それより何より、誰のためにも、妻になるのはリュシアンのかたくなな心を溶かし、愛を教えてくれた女性でなければならない。

　生まれてこのかた、衝動的に決断を下したことはなかった。今それをやるのは無責任だと言えるだろう。だが、タラは彼の暮らす環境を何から何まで変えてくれた。彼の生活を変え、気持ちを若返らせ、陰という陰を光で照らしてくれた。

「僕と結婚してくれ」内なる思いにせかされて言った。

　タラは眉根を寄せ、混乱した面持ちで見返した。

「結婚してほしい。僕の妻になってほしい」

「正気なの、リュシアン？　からかわないで」彼女は顔をそむけた。

「僕が自分の子供の母親を選ぶとしたら、それは君でしかありえない。わかってくれるかい？」

「怒っていないの？」おずおずと視線を戻す。

「プロポーズのときに、男は怒るものなのか？」

「さあ……」彼女はいっそう混乱した様子でかぶりを振った。「プロポーズなんて初めてで」

「こうすれば、不安は消えるかな」リュシアンは彼女の手をとって唇を押し当てた。

「子供ができたから、ではなくて？」

「だからといって、ここまですると思うかい？」タラの手の甲の上にあるのは、黒々としたいたずらっぽい瞳だった。

「あなたならたいていのことはできそうだわ」タラは素直に答えた。

「譲歩する点はある。君は女だ――」彼が両手を上げておどけた降参のポーズをとらなければ、タラは声を荒らげていただろう。彼は静かに続けた。「それに、ホルモンの影響もあるし、妊娠しているしね。だけど、プロポーズまではしない」唇をねじ曲げる。

「ああ、タラ――」彼はぱっと顔を輝かせた。「僕がどういう人間かわからないのか？」

　堅さのとれた新しいリュシアンをこれまでにもときおり目にしていたが、タラの脳裏にはまだ、冷酷で気むずかしい伯爵がしつこくまとわりついていた。

「信じたいわ」思ったそのままが、ぼそりと声に出た。

「自分が愛されていると？　君はもう、愛される価値がないと思って途方に暮れている少女じゃないはずだ。でないと、僕はむだな努力をしていたことになる」唇の両端をくいと上げて魅力的な笑みを投げかけてくる。「愛を信じると言ってくれるね？」

「ええ、信じるわ」

「僕の愛を、だ」

「あなたの愛を信じる……」

「君への愛だ。わからないかい？　君を敬愛する男がここにいるんだ」

「私を……愛しているの？」

　彼はタラの顔を両手で包んだ。「僕はさっき使った言葉のほうが好みだな。フランス語でジュ・タドール。君を敬愛しているよ、僕のかわいい人《マ・プティット》」

16

「あなたが私と結婚したら、フェランボーの人たちはどう思うかしら？」タラはまだ、伯爵夫人になってほしいと言われたことを信じられずにいた。

「僕たちが大事に思う人たちは、きっと喜んでくれる。ほかの誰がどう思おうと関係ないさ」

「マスコミは喜ぶわね。新聞の売り上げがどれだけ伸びることか。だけど、フェランボーに対する義務だってあるでしょう？」顔をしかめた。

「君はどうなんだ？」

「私のせいで、あなたとフェランボーの人たちがぎくしゃくするのはいやだわ」

「絶対にそうはならないよ。プロポーズの返事はイエスと受けとっていいのかな？」

タラはじっくりと彼の顔を観察した。「ええ……イエスよ。あなたと結婚します。そしてフェランボーのために、できることはなんでもするわ」

リュシアンはそれを聞くと、タラをベッドに押し倒した。「みんなもう、君のことが大好きになっている。君は自分から町に溶けこんだんだ。君はこれからもこの町に住みつづけて伯爵に仕える」いたずらっぽくにやりと笑う。

「それって、結婚しなくてもできることばかりよ」タラは指摘したが、リュシアンに組み伏せられても本気で抵抗はしなかった。

「こんなこと、いけないのはわかっている」彼はタラの首筋に官能的なキスの雨を降らせはじめた。「今はとくにそうだ。君の頭はホルモンでいっぱいだ。わかっているのに、君を見ていると抑えられない……」彼は瞳を光らせて、体を上に移動させた。

「君がほしい」タラをじっと見つめてささやく。「待てないんだ。僕たちの子供が生まれるのも待ちきれない。ポピーも赤ん坊も君も大切な存在だ。言葉では言い表せないくらいに」

だったら態度で示して。タラはリュシアンの広い胸を形だけ押しやった。「やり方がずるいわ」魔法のような愛撫《あいぶ》に陶酔しそうになって言った。

「確かに」あらわになった両方の胸を、彼の手が包んだ。「やめたほうがいいかい？」

「ええ……いや、やめないで……」敏感になった胸の頂を交互に責められると、脚の間が切なくうずいた。震えはじめた腿を、彼がしっかりと自分の腰に引きつけた。

「心配いらない。慎重にするから」愛情を映した彼の瞳を見れば、もう何もきく必要はなかった。

「配慮するには少し遅かったけど」いたずらっ子のように彼と目を見交わす。

「うれしくないのかい？」彼がささやく。

体をぐっとそらして答えにしたが、いつものようにリュシアンはタラをじらした。長かったとしても、それは数秒だったろう。彼の瞳に見える欲望は、タラ自身の思いそのものだった。

「ここが君の居場所だ」タラが静かになると、リュシアンは言った。「フェランボーの、僕の隣だ」

「ときにはベッドを出ましょう」

「ときにはね」彼はしぶしぶ同意した。感じやすいタラのうなじに、まぶたにキスをして、最後には唇を重ねてきた。「君にはいろいろな改革への手助けをしてほしい。すぐにも式を挙げよう」

想像したタラは真顔になった。彼の立場を案じる気持ちをいまだ処理できずにいた。「結婚するのは、本当に誰か特別な人じゃなくていいの？」

「悪いけど、それこそまさに僕がしようとしていることなんだよ」リュシアンはささやいた。

エピローグ

フェランボーの歴史の中でもっとも感動的なその結婚式は、修復がすんで生まれ変わったばかりの教会でとり行われた。フェランボー伯爵リュシアン・マキシムと、彼よりはるかに若い、しかもおなかに子を宿したタラ・デヴェニッシュとの組み合わせは世間をおおいに騒がせたが、花嫁と花婿は互いに夢中で、好奇の視線を引きつけていることなど気づいてもいない。

この日までの数カ月でタラは大きく変わり、通路を花婿のもとへと歩く姿は自信に満ちあふれていた。もっとも、いちばん変化したのは伯爵だったろう。美しい花嫁を迎えるために振り返った彼の顔に、かつての険しさはなかった。

　誓いの儀式が終わると、たくさんの笑顔がふたりを待っていた。先頭は先ごろ養女に迎えた赤ん坊のポピーだ。幸せな家族の姿を大勢に見てもらえるよう、タラはポピーを腕に抱いた。

　今日ばかりはあのマリアン・ディグビーもお決まりの埃《ほこり》だらけの服を脱ぎ、小粋《こいき》なスーツを着て羽根飾りのふんだんについた帽子でおしゃれをしている。マリアンの手には、タラの使う今日ふたつ目のブーケがあった。最初のブーケは、フライアとギイの新しい記念碑に今朝方供えられていた。このふたつ目のブーケにタラの胸は熱くなった。というのも使われている花々が素朴で、どれもみな、新しく伯爵夫人となる彼女のために、フェランボーの住人が自分たちの庭で摘んでくれたものだったからだ。

　リュシアンはタラのやり方に素直に従っていた。ポピーの前でフライアの名を出すときは、愛情をこめた話し方しかすべきでない。タラのそんな固い信念が通じた結果だった。いくら説いても、姉に対する見方をなかなか改めない彼だったが、フライアが本当にほしかったのは家庭なのだとタラが話したとき、彼には何か感じるところがあったようだ。

「私たちは幸運だわ」そのときタラは言った。「こうしてめぐり会って家庭を築けた。家族が――ポピーと生まれてくる赤ちゃんが暮らせる場所がある」

　あとのことは言うまでもない。お互い大好きだった家族を亡くしている。伯爵は若い花嫁を心から愛していたから、あえて反論しない道を選んだ。

　タラは教会のステップに、リュシアンと並んで慎《つつ》ましやかに立った。着ているドレスは、彼に強く勧められてパリで購入したものだ。世界中のマスコミがふたりの姿を写真におさめた。撮影については、先ごろ愛する妻が始めた慈善事業の基金にするとして、伯爵が事前にたっぷりと代金を徴収していた。

タラがこの日のために選んだのは、三種類の繊細なスイス・レースに真珠とダイヤモンドがあしらわれた上品なドレスだった。夏のそよ風が揺らすベールの上で、宝石たちがきらきらと太陽の光を反射する。

腕の中できゃっきゃとうれしげな声を出すポピーを見ながら、タラはリュシアンと相談して作り上げた先ほどの式を思い返した。ふたりが誓いを交わしたときには、どんな厳格な顔も笑顔へと変わり、女性たちの中には涙を流す者も多くいた。あんなに感動的な式はなかったと、のちに多くの人が語ることになるだろう。伯爵も若い花嫁も、ふたりを引き合わせた悲劇をまだ忘れてはいなかったのだから。

彼らが教会から降り注ぐ日差しの下に出てくると、わっと大きな歓声があがった。フェランボーの住人全員が祝いに駆けつけてくれたのかと、リュシアンは思った。自分の人生を変えてくれた女性を、彼は誇らしげに見つめた。彼女の薬指を飾るのはその瞳と同じブルーで、その心と同じくらい濁りのないサファイアだと、彼は最初から決めていた。今晩ふたりが過ごすのは豪華なヨットの上でも外国のビーチでもない。フェランボーの城、自分たちの家だ。今では愛着もわいて、タラとともに〝くつろぎの城〟と呼んでいた。彼女が家族のために魔法のような手腕を発揮してくれたおかげだった。

「僕は世界でいちばん幸運な男だ」リュシアンはタラの耳元でささやいた。

「私は世界でいちばん幸運な女よ」優しいまなざしがリュシアンに、それからポピーに向けられる。

「すばらしき家族に」リュシアンは言った。

拍手がわき起こる中、彼はポピーにキスをし、次にはマスコミを喜ばせる形でタラに——悪名高いデヴェニッシュ姉妹の妹にキスをした。伯爵夫人になったというだけではない。今の彼女はリュシアン・マキシムの子を宿した美しい彼の妻なのだ。

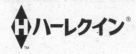

ハーレクイン・ロマンス　2009年10月刊（R-2425）

招かれざる愛人

2024年8月20日発行

著　　者　スーザン・スティーヴンス
訳　　者　小長光弘美（こながみつ　ひろみ）

発 行 人　鈴木幸辰
発 行 所　株式会社ハーパーコリンズ・ジャパン
東京都千代田区大手町 1-5-1
電話 04-2951-2000（注文）
0570-008091（読者ｻｰﾋﾞｽ係）

印刷・製本　大日本印刷株式会社
東京都新宿区市谷加賀町 1-1-1

ISBN978-4-596-96138-9 C0297

8月30日発売　ハーレクイン・シリーズ 9月5日刊

ハーレクイン・ロマンス

愛の激しさを知る

黄金の獅子は天使を望む	アマンダ・チネッリ／児玉みずうみ 訳	R-3901
嵐の夜が授けた愛し子 **《純潔のシンデレラ》**	ナタリー・アンダーソン／飯塚あい 訳	R-3902
裏切りのゆくえ **《伝説の名作選》**	サラ・モーガン／木内重子 訳	R-3903
愛を宿したウエイトレス **《伝説の名作選》**	シャロン・ケンドリック／中村美穂 訳	R-3904

ハーレクイン・イマージュ

ピュアな思いに満たされる

声なき王の秘密の世継ぎ	エイミー・ラッタン／松島なお子 訳	I-2817
禁じられた結婚 **《至福の名作選》**	スーザン・フォックス／飯田冊子 訳	I-2818

ハーレクイン・マスターピース

世界に愛された作家たち
～永久不滅の銘作コレクション～

伯爵夫人の条件 **《特選ペニー・ジョーダン》**	ペニー・ジョーダン／井上京子 訳	MP-101

ハーレクイン・ヒストリカル・スペシャル

華やかなりし時代へ誘う

公爵の花嫁になれない家庭教師	エレノア・ウェブスター／深山ちひろ 訳	PHS-334
忘れられた婚約者	アニー・バロウズ／佐野　晶 訳	PHS-335

ハーレクイン・プレゼンツ作家シリーズ別冊

魅惑のテーマが光る
極上セレクション

カサノヴァの素顔	ミランダ・リー／片山真紀 訳	PB-392

※予告なく発売日・刊行タイトルが変更になる場合がございます。ご了承ください。

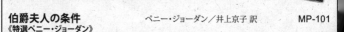